내 인생의 영화

강 헌 · 공지영 · 권병철 · 김기덕 · 김대우 · 김동원 · 김병욱 · 김선구 ·
김유준 · 김정영 · 김지운 · 김해곤 · 김현진 · 김홍준 · 남기웅 · 노희경 · 류승완 ·
박재동 · 박찬옥 · 박찬욱 · 방은진 · 배수아 · 백민석 · 서 정 ·
손석희 · 송일곤 · 신경숙 · 신윤동욱 · 심재명

내 인생의 영화

오지혜 · 유시민 · 육상효 · 윤석호 · 윤제균 ·
이두호 · 이성욱 · 이송희일 · 이영미 · 이우현 · 이장호 · 이정향 ·
이충걸 · 이해준 · 이해영 · 인정옥 · 장민승 · 최영아 · 추상미 · 한 강 ·
한재권 · 함정임

씨네21

차례 ○○○

〈대부〉의 진실을 말해볼까?

대부 | The Godfather | 1972

강헌 | 대중음악평론가, 한국대중음악연구소 소장

멀쩡하다가도 영화만 보면 잠이 온다. 빡빡머리 중학생 때 줄
서서 들어갔던 단체관람 영화는 말할 것도 없고, 한창 시가
어떻고 노래가 어떻고 나불대던 사춘기 고등학생 때도 거역
할 수 없는 초저녁 잠 때문에 고 정영일 씨가 유려하게 인도
해 주던 토요일 〈명화극장〉 시간에 영화가 시작하자마자 소
파에서 전사(?)하기 일쑤였다.

　　지성의 요람이라던 대학에 와서도 이 증세는 더욱 악화
됐는데, 특히 수많은 한국 영화의 열혈남아들을 배출했던 프
랑스문화원에선 해석도 되지 않는 영어 자막을 한 10분쯤 쫓
아가다가 스스로 레드카드를 내리고 퇴장한 경험이 있고, 그

정도는 알아야 된다는 에이젠슈테인이나 타르코프스키가 대학 축제에서 상영될 때는 아예 고문이나 다름없었다.

80년대 중·후반, 드디어 자취하던 아파트에 VCR이 입성했을 때도 상황은 거의 변함없었다. 열 편의 테이프를 빌리면 여지없이 일고여덟 편은 15분을 넘기지 못하고 보다 잠들어 버리니, 본전 생각에 반납을 하루 이틀 미루다 보면 불량 고객으로 블랙리스트에 오르지 않을 도리가 없었다.

하지만 모든 법칙과 징후가 그러하듯이 수많은 예외도 있다. 초등학교와 중학교 초년까지 나를 흥분시킨 이소룡 영화들은 지정 좌석도 없는 개봉관에서 온몸이 찢겨 나가는 듯한 고통 속에서도 끝까지 보았고(다 커서 다시 보니 내가 왜 저 영화들에 감동했는지 도무지 내 자신을 이해할 수 없었지만), 고등학교 문예반 시절의 센티멘털리즘은 〈닥터 지바고〉를 조조부터 마지막 회 상영까지 한 자리에서 네 번이나 보게 만들었다(이 역시 재수할 때 파스테르나크의 두꺼운 원작 소설을 읽고 데이비드 린의 영화는 너무 앙상하다며 실망하고 말았지만).

사정이 이러하니 두 번 이상 본 영화는 열 손가락을 다 채우지도 못할 정도다. 그런데 과연 영화의 무엇이 내 삶의 가장 중요한 5년간을 영화관에 뛰어들게 했는지 아무리 당시의 기억을 떠올려 보아도 명쾌한 해답이 나오지 않는다. 상영 나가서 영사기 옆에 앉아 있어야 했던 장산곶매 시절의 영화를 제외하면, 다섯 번 이상을 본 영화는 〈ET〉와 〈대부〉(그것도 1편만)밖에 없다. 그중에서 〈대부〉만은 어림잡아도 근 열다섯 번은 본 것 같다.

공교롭게도 이 두 편의 영화는 대학가의 허름한 재개봉관에서, 겨울이면 난로를 피우고 어디선가 구토의 오물 냄새가 스멀스멀 기어나오며 듬성듬성한 객석에서 담배를 피우며 영화를 볼 수 있었던 그런 극장에서 처음 보았다. 〈ET〉를 위시한 간교하기 그지없는(?) 스필버그의 영화들을 좋아하는 연유를 명쾌하게 설명할 수는 없다. 언젠가 친한 벗인 문학평론가 서영채가 군에서 휴가를 나와 〈인디애나 존스〉를 보고 극장을 나섰을 때, 군복을 입은 그는 멍한 표정으로 이렇게 말했다. "할 말이 없군."

그러나 〈대부〉는 다르다. 나는 그 영화의 모든 것을 좋아한다. 비록 그 영화의 스태프나 조역급 배우들의 이름은 외우지 못할지라도 그들 모두가 일필휘지로 내지른 그 단호하고 음영이 깊으며 여유만만한 현실적 상상력을 나는 경외한다. 〈대부〉를 놓고 미국 자본주의의 내면을 정치하게 분석한 글도 한번쯤 본 적이 있는 것 같은데, 그래도 좋고 아니어도 좋다. 영화광들은 한결같이 속편인 〈대부2〉를 선호한다고 해도 나는 아무런 죄책감을 갖지 않는다. 〈대부2〉는 이른바 '작가'가 되려는 감독의 선량한 의도가 너무 속보인다. 그리고 무엇보다도 돈 콜레오네의 젊은 날을 연기한 로버트 드 니로의 열연이 전편의 압도적인 연기에 비할 때 이상하게도 내게는 너무 왜소해 보인다. .

무엇보다도 〈대부〉는 '전통적인' 연기자들의 영화이다. 나는 말로만 알고 있었던 말론 브랜도를 처음 보았고 다이앤 키튼 역시 처음 보았으며 저 배우가 제임스 칸이며 로버트 듀발이라는 사실 또한 처음 알았지만, 시나리오부터 촬영까지 튼실한 스태프들의 토대 위에 연기자들이 저렇게 비상한 빛을 뿜어낼 수 있다는 마법의 경험을 그 뒤로는 불행하게도 갖지 못했다. 내기 만에 하니라도, 혹온 꿈속에서라도 영화를 다시 만든다면 그런 영화를 찍고 혼자서 감동해 버리고 싶다.

이 영화는 어두운 실내에서 대부에게 청탁을 하러 온 이탈리아 출신 장의사의 목소리로 시작한다. "나는 미국을 좋아합니다." 그리고 영화의 마지막은 알 파치노와 다이앤 키튼의 대화로 마무리 짓는다. "이번 한 번만 진실을 말해주지." "그것이 사실이에요?" "아니!" 이때 옆에 팔짱을 끼고 앉아 있던 누나 같은 애인이 나에게 속삭였다. "당신도 저런 것 좀 배위!" 저 음흉한 것을 배우라니? 갓 대학 1년생이었던 나는 이 마지막 신에서 한없는 열등감을 맛보았다.

만약 아직 한 번도 가보지 못한 미국에 가게 된다면 롱 아일랜드 어디에 있다는, 맏아들 소니가 벌집이 돼서 죽는 톨 게이트에서 담배 한 대 피우고 싶다. 철없는 소리긴 하지만.

감독 프랜시스 포드 코폴라 | **출연** 말론 브란도, 알 파치노

지금은, 슬픈 귀를 닫을 때

닥터 지바고 | Doctor Zhivago | 1965

공지영 | 소설가, 《무소의 뿔처럼 혼자서 가라》 《우리들의 행복한 시간》

그리운 사람을 생각하면 슬픈 귀가 열린다, 라고 내가 좋아하는 시인 김정환은 자신의 책 첫머리에 썼다. 〈닥터 지바고〉라는 영화 제목을 떠올리면 내 흑백 사진이 든 앨범의 첫 장을 여는 듯하다, 라고 내가 쓴다면 아마도 과장일지 모르겠지만 이 영화만큼 내게 다층적인 기억을 불러일으키는 영화는 아마도 없을 것이다. 〈닥터 지바고〉라는 영화의 제목을 처음 들은 것은 내가 초등학교에 입학하기 전이었다. 영화광이었던 어머니가 아버지와 함께 극장엘 다녀와서 했던 말이 기억나니까. 그때 어머니는 이렇게 말했던 것 같다. "그 영화정말 굉장해. 참 잘됐어." 재미있는 것 말고 잘됐다는 게 뭔지는 몰랐지만, 닥터라는 말이 의사라는 것 정도는 알고 있던 나는 어린 마음에도 그 영화가 '에로틱' 할 거라는 근거 없는 믿음을 가지고 있었다. 지금 생각해 보면 우리가 의사놀이라고 불렀던 성적인 장난하고 닥터가 연관되어서 그랬을 것이며, 어머니가 우리는 데리고 가지 않고 아버지와 단둘이만 영화를 보고 와서도 그랬을 것이며, 영화에 대한 평을 전하는 어머니의 목소리가 평소와는 다르게 들떠 있어서 그랬을지도 모른다.

그러고 나서 앨범을 한 장 더 넘기면 열여섯 살 겨울이 된다. 그때 나는 친구와 그 영화를 보러 갔다. 에로틱한 영화를 보러 간다는 근거 없는 설렘을 나는 그때까지도 가지고 있었을 것이다. 그런데 그 영화는 에로틱한 것과는 관계가 없이 내가 좋아하던 슬픈 사랑 영화였다. 영화가 끝난 뒤 목도리를 칭칭 여미고 스카라극장 앞의 눈 쌓인 길을 친구와 하염없이 걸었던 생각이 난다. 그날은 왜 그렇게 춥던지. 하지만 그 추위 때문에 보도에 눈이 쌓여서 나는 러시아의 처녀라도 된 것만 같았고, 이보다 더 추운 데 가서 덜덜 떨어도 좋으니 이담에 커서 저런 사랑을 한번만 할 수 있다면 얼마나 좋을까, 집에 돌아온 나는 그렇게 긴긴 일기를 썼다.

그러고 나서 나는 스물다섯이 된다. 러시아혁명사를 배

웠고 날마다 핏대를 올리며 술집을 시끄럽게 하던 시절이었다. 우연히 TV에서 다시 〈닥터 지바고〉와 만났다. 그때 나는 〈닥터 지바고〉라는 영화가 러시아혁명을 놀랍도록 잘 묘사하고 있다는 것을 알고 눈을 빛냈다. 아, 저게 피의 일요일 사건이구나. 아하, 저게 1905년 혁명이구나. 아아, 저게 러시아 내전이구나. 나는 지바고 같은 우유부단한 회색분자는 절대로 사랑하지 않을 거야. 저 남자가 역사를 알아, 혁명을 알아? 그리고 나는 회색분자가 되지 않기 위해 공장으로 떠났다.

그리고 5년 뒤 이혼녀가 된 나는 이젠 이유도 모르겠지만 그 영화를 또 본다. 나에게는 지바고와 라라의 사랑의 감정 따위는 안중에도 없다. 다만 그 남자, 지바고보다 더 끈질기게 나오는 그 뚱뚱한 남자 말이다. 이름이 무슨무슨 스키나 무슨무슨 코프로 끝나는 사람이겠지만 어쨌든 라라와 어머니를 동시에 데리고 놀고 나중에까지 살아남아 또 라라를 데리고 가는 그 남자, 그 남자만 보인 것이다. 그 남자가 하는 말이 어쩌면 그렇게 똑똑하고 그 남자가 하는 말이 어떻게 그렇게 얄밉도록 현실적인지 하는 것 말이다. 말하자면 이런 것이다. 라라에게 총을 들게 한 그 말, "이 세상에 살고 있는 여자는 두 종류로 나뉘지. 하나는 고분고분 남자 말을 따르며 사는 여자고, 다른 하나는 남자에게 반항하지만 결국은 남자 없이 살지 못하는 그런 창녀들이지. 그런데 너는 후자에 속해"라든가, 혁명을 하던 라라의 약혼자를 숨겨줄 때 그를 의심하는 젊은 라라에게 한 말, "내가 왜 너희를 도와주냐고? 그건 이런 이유야. 혹시라도 너희가 이길까봐"라든가, 라든가. 나는 그때 회색이든 보라든 어쨌든 영악하게 살고 싶었던 것이다.

그리고 다시 5년이 흐른다. 어떤 술자리에서 한 남자가 나보고 꼭 〈닥터 지바고〉에 나오는 라라를 닮으셨습니다, 했을 때 갑자기 술맛이 싹 가시면서 기분이 몹시 나빠지고 만 것이다. 그래? 그렇다면 너는 지바고라도 되겠다는 말이냐? 어림없지. 나는 차라리 지바고를 떠나 파리로 가는 본부인을 닮았으면 닮았지, 그 넓은 대륙을 떠돌면서 기껏 남자와의 사랑에 모든 걸 거는 그런 여자는 되고 싶지 않아. 한마디로 그 여자는 한 일이 없잖아, 싶어졌던 것이고, 말을 꺼낸 남자는 영문도 모르고 그 술자리가 끝날 때까지 나에게 박대를 당했다. 한마디로 그는 타이밍을 잘못 잡은 것이다. 20년 전에만 그 말을 했어도 좋았을 텐데……

얼마 전에 또 〈닥터 지바고〉를 보았다. 이번에도 왜인지는 모른다. 아마도 켜 놓은 TV에서 흘러나왔으니까 보았을 것이다. 이번에 나는 그 영화를 보다가 소파에서 잠들고 말았다. 나는 과연 올바른 인생길을 가고 있는 걸까. 〈닥터 지바고〉와 내 인생을 생각해 보니 슬픈 귀가 닫히고 문득 심란해진다.

감독 데이비드 린 | **출연** 줄리 크리스티, 오마 샤리프, 알렉 기네스

내 인생의 여자

올리브 나무 사이로 | Through the Olive Trees | 1994

권병철 | 필름포럼 대표

지난 7년, 나는 아내와 함께 제법 많은 시간을 영화관과 극장에서 보냈다. 아내는 현대무용가인데 영화를 전공한 나와는 작품을 같이 보기에 더할 나위 없이 궁합이 맞는다. 나는 전형적으로 논리적이고 지도 그리기를 좋아하는 남성호르몬형이고, 아내는 더듬이가 발달한 여성호르몬형이다. 게다가 움직임의 전문가인 아내는 내가 잊고 있었던 중요한 면들을 늘 일깨워 주었다. 소리에 맞춰 몸짓을 구성해 본 사람만이 알 수 있는 직관적 느낌 같은 것 말이다.

　　내가 처음으로 아내의 손을 잡은 곳은 뉴욕 링컨센터의 월터 리드 영화관이었다. 그때, 우리 앞에서 상영된 영화가 키아로스타미의 〈올리브 나무 사이로〉였다. 정확한 날싸가 기억나진 않지만, 그날이 7년 전 늦은 4월이었다는 것은 기억한다.

〈올리브 나무 사이로〉는 선선한 초가을에 시골길로 나들이가는 것 같은 영화였다. 오래 전이라 내용은 정확하게 기억나지 않지만 그 느낌은 잊을 수 없다. 찬송에 가깝게 중얼거리는 듯한 말투, 고단한 현실 속의 맑은 눈동자들, 바람 소리가 와 닿을 것 같은 풍경……. 그토록 쉽게, 자분자분 현실을 이야기하는 영화를 나는 그 이전에 본 적이 없다.

그때는 뉴욕으로 영화를 공부하러 간 지 몇 달 되지 않았을 때였다. 영화라는 거대한 대상을 파악하고 이해해야 된다고 두 손을 불끈 쥐고 있을 때였다. 이 영화는 성큼 다가와서 그런 촌뜨기의 마음을 확 열어 버린 것이다. 그건 당시의 나에게 상당한 충격이었다. 물론 더한 충격은 아내의 손을 잡았다는 거였다. 나는 여자의 손을 덥석 잡을 수 있는 위인이 아니었다. 그러니까 내 인생에 아주 중요한 변화가 동시 다발로 일어난 순간이었다. 아내의 손과 내 손 사이에 흐르는 땀을 느끼면서, 나는 어린아이처럼 몸으로 세상을 받아들이기 시작한 것이다.

영화는 계속 이어졌다. 영화를 만드는 과정이 전체 내용이었던 이 영화는 한 쌍의 남녀를 배우로 등장시킨다. 그런데 현실에서 남자는 여자에게 청혼을 했다가 여자 집으로부터 거절을 당한다. 지진으로 피폐해진 마을과 궁핍한 자신의 사정을 설명하며 다시 여자에게 매달리는 남자, 그리고 자신의 집에서 바보 같이 거절당한 남자를 피하는 여자가 서로 옥신각신한다. 문제는 연기를 해야 하는 여자가 남자를 쳐다보지 않으려는 데에서 시작된다. 여자는 이런 경우의 관습에 따라 남자를 보지 않으려 하는데, 아무리 이것이 영화를 위한 연기라고 설득해도 고집을 꺾지 않는다. 여자는 자신만의 질박한 진정성으로 영화와 현실의 구분을 무시해 버린다. 맞은편의 영화 스태프들은 망연자실해진다. 이 코미디에 가까운 상황은 급기야 그녀가 촬영장을 떠나 버리면서 투명한 울림으로 변해간다. 자신이 거절당한 것이 아닐지도 모른다는 것을 뒤늦게 깨달은 남자는 허둥지둥 여자를 뒤따른다. 여자는 이미 저 멀리 올리브 나무숲을 지나가고 있다.

　서로 손을 맞잡은 나와 아내는 카메라 앵글 덕분에 신의 위치에서 그 두 남녀를 내려다보게 되었다. 한없이 이어질 것 같은 이 산책 같은 추격 신은 그 자체로 신의 세계에 올라가는 길이 되어 버렸다. 우리의 잣대로 재단할 수 있는 우리만의 세계로 전혀 들어오지 않는 여자, 이해할 수 없는 의지로 자신을 앞질러 가버린 여자를 한없이 뒤쫓아가는 남자, 이 둘이 끝없이 올리브 나무 아래를 걸어갈 때 고단한 삶을 관통하는 어떤 힘, 즉 신을 느낀 것은 우연이 아니다. 나는 그때 영화의 초월적 힘을 처음 제대로 접하고 있었던 것이다.

신과 삶이 이렇듯 뒤엉켜 다가온 날이었다. 아내가 내 손을 거절하지 않았기에 나는 7년째 아내의 손을 잡고 올리브 나무 아래를 걷고 있다. 우리 삶의 중요한 한 지점에, 이 영화가 우리 앞에 펼쳐졌던 유일한 세계였다는 것이 나는 지금도 신기하다.

감독 압바스 키아로스타미 | **출연** 후세인 레자이, 타헤레 라다니안, 모하메드 알리 카사바르즈

우리 안의 바리케이드를 위하여

바리케이드 | Barricade | 1997

김기덕 | 영화감독. 〈악어〉 〈봄 여름 가을 겨울 그리고 봄〉 〈활〉

93년 처음 영화에 관심을 두었을 때 시나리오부터 쓰기 시작했기에 나는 그전에 거의 영화를 보지 못했다. 이때부터 본 영화로 인상에 남는 것은 미친 탄광촌 여자 이야기인 줄랍스키의 〈샤만카〉와 미이케 다카시의 너무나 아름답고 충격적인 영화 〈중국의 조인〉, 그리고 윤인호의 〈바리케이드〉이다. 〈샤만카〉와 〈중국의 조인〉은 프랑스에서 본 것이라 접어 두기로 하고, 그중에서도 심장을 파고드는 영화 〈바리케이드〉 이야기를 해보고 싶다.

　　과연 우리에게 영화라는 창작 작업은 얼마나 치열하고 얼마나 도발적인 것인가? 그리고 영화를 재는 기준은 무엇인가? 현재까지 발달한 영화적 기능이나 문법을 따르지 않으면 그것은 유치한 걸로 단번에 표적이 된다. 와이드 화면은 관찰자적 시점이라든가, 핸드헬드는 다큐적 시점이라든가. 그런 소소한 카메라의 거리감이나 조명의 노출이 어떤 고정된 의미로 각인돼 그것이 진실인 것처럼 정리되고 있다. 그러나 이 세상에 고정된 상식은 어디에도 없다. 그 어떤 영화도 언론이나 평자에 의해 대중 사이에서 좋은 영화, 나쁜 영화로 절단당해서는 안 되며 그건 창작 살인에 해당한다고 생각한다. 유행가 가사가 시끄럽게 들리다가도 실연 후 가슴에 와 닿는 것처럼, 무심코 지나친 영화가 어느 날 갑자기 비수처럼 가슴에 꽂힐 때가 있다. 〈바리케이드〉는 그런 영화다.

윤인호 감독의 〈바리케이드〉는 각본자와 감독 그리고 배우의 능력이 돋보이는 영화다. 좀스런 기자들이 할 말 없을 때마다 거론하는 소소한 결점들은 있긴 하지만, 영화 전체의 감동을 전하는 데는 문제가 없다. 이 영화에는 정규적인 삶을 산 사람들이 발견하지 못하는 이면의 삶들이 잘 녹아 있고 우리가 상실한 정체성과 그 회복할 수 없는 고질병이 숨어 있다. 영화가 희망차고 행복하게 끝나면 관객들은 흐뭇하겠지만, 그건 얄팍한 위로에 지나지 않으며 우리가 극장 문을 나서는 순간 현실은 가래침을 뱉는다. 〈바리케이드〉

에선 이주노동자를 학대하고 반말지거리도 하지만 거기엔 가느다란 위로가 있다. 그래서 희망이 있다거나 없다는 식으로 세상을 볼 필요는 없다.

〈바리케이드〉가 극장에서 초라하게 취급받은 것처럼 지금 세상은 그만큼의 허상과 그만큼의 초라한 양심이 남아 있다. 인상 깊은 외국 영화도 있지만 〈바리케이드〉를 더 크게 기억하는 것은 어쩌면 내가 이 땅의 영화감독이기 때문일 것이다. 〈바리케이드〉는 비단 윤인호만을 가로막고 있는 바리케이드가 아니라 이 시대를 가로막는 모두의 바리케이드이며 한 사람의 힘으로 밀어 내기에는 너무 무겁다.

〈바리케이드〉는 먼저 시나리오 작가에게 찬사를 보내야 한다. 결코 겉으로 핥아서는 표현할 수 없는 질퍽한 실화들이 곳곳에 존재하기 때문이다. 미국에서 공부했으면서도 외국 색깔이 전혀 보이지 않게 연출한 윤인호 감독, 같은 감독으로서 가장 기대하는 감독이다. 쓰다 보니 마치 〈바리케이드〉 격려문처럼 되었는데, 그럼 어떤가? 중요한 건 〈바리케이드〉를 감동적으로 보았다는 사실인걸.

이 세상에는 질서와 비질서의 삶이 존재한다. 비질서의 삶이란 사회의 정규 코스에서 이탈한 삶이다. 예를 들면 제도권 교육을 못 받아 질서에 흡수되지 못하고 공장 일을 하거나 또는 우발적인 사건으로 일찍부터 교도소를 전전하거나 뒷골목 깡패가 되어 살아가는 경우일 것이다. 그렇게 보면 〈바리케이드〉는 비질서의 사람들 이야기다. 마음먹고 뒷골목을 뒤지기 전에는 결코 발견할 수 없는 구겨진 공간에서 일개미처럼 반복적인 노동을 하는 사람들, 백열등 빛에 시끄러운 기계들의 마찰음, 그 공간을 벗어나도 잠자리까지 따라오는 그 소리들……. 고층 빌딩을 환하게 밝힌 기업체의 화려한 사무실과 비교하면 너무나 초라한 모습이다. 최신형 컴퓨터 자판을 두드리는 사람들이 모르는 그들의 삶, 하루씩 〈체험 삶의 현장〉이라는 TV 프로그램에 나가 대신해 보는 그들의 평생 삶, 그들 속에 먹물처럼 흘러드는 방글라데시 불법체류자들……. 세탁소 공돌이인 한식과 승용은 사회 질서를 향한 분노를 불법체류자들에게 잔인하게 퍼붓는다. 앞으로 나가는 출구를 발견하지 못한 듯 자꾸 뒤로 도망치는 그들은 술과 끈적이는 뼈만 앙상한 생선 한 마리를 두고 서로 욕망을 채우기 위해 할퀸다. 불법체류자들은 오히려 희망이 있어 보이고 승용과 한식은 비좁은 박스에 갇힌 듯 늘 분노하고 그래서 그들을 더욱 공격하고 겁탈한다. 결국 방글라데시 사람들은 아무것도 얻은 것 없이 사랑하는 여인과 분노만 안은 채 돌아가고, 그들을 조롱하던 우리는 뒤늦게 그들이 바로 자신이었음을 깨닫는다. 이제 욕설을 받아줄 상대조차 없다는 게 더 지옥 같은 일상임을 깨닫는다. 그리고 그들에게 퍼부었던 욕설이 스스로에게 퍼부었던 것임을 알아간다. 그래서 바리케이드는 우리가 만들어 놓고 우리가 치워 버리지 못한 장애물이다. 비닐하우스라든가, 품종 개량이라든가, 이렇게 억지로 키운 농작물이 아닌 이 땅에서 자연스럽게 생성된 벌레 낀 배추나 소 눈의 눈곱을 떼어 먹는 파리떼의 풍경들. 서로에게 피해를 주는 것 같지만 어쩌면 배추의 벌레처럼, 소 눈을 귀찮게 하는 파리처럼…….

이 시대는 어쩌면 그렇게 엉겨 살아야 하는 게 아닐까? 그것이 〈바리케이드〉에서 내가 얻은 교훈이며 감동이다. 그래서 나는 〈바리케이드〉를 비관적인 영화로 보지 않으면서 또한 희망적인 영화로도 보지 않는다. 지금의 일상으로 보는 것이다.

감독 윤인호 | **출연** 김의성, 김정균

'공원의 살인'이 부른 영화 욕망

욕망 | Blow Up | 1966

김대우 | 시나리오 작가. 〈반칙왕〉 〈정사〉 〈스캔들—조선남녀상열지사〉

내가 이 영화를 본 것은 1984년의 어느 일요일 오후였다. 그 무렵 나는 '방위를 받고' 있었는데 우선 그 이야기부터 좀 해야 할 것 같다. 두어 군데의 근무지를 옮겨 다니던 나의 방위 생활이 마침내 자리잡은 곳은 이른바 종합상황실이라는 곳이었다. 주간에는 일고여덟 명의 방위병들이 근무하는데, 내 일은 오후 5시쯤 나와 그들과 교대한 뒤 다음날 아침 9시까지 그곳을 지키는 것이었다.

상황실은 대략 30평쯤 되는 썰렁한 공간이었는데 한 가지 특징이 있었다. 그것은 징그러울 만큼 많은 형광등이 천장에 박혀 있다는 것이다. 상황실 장교의 말에 의하면 상황실은

24시간 대낮처럼 환한 상태를 유지하고 있어야 한다는데, 굳이 비교한다면 새벽 편의점과 비슷한 분위기로 그 밝기는 두 배 정도 더했던 것으로 기억한다. 아무튼 처음 시작할 땐 내 나름대로 꽤 흥겨웠던 것 같다. 우선 이런저런 사람들을 대하지 않아도 되는 데다가 불빛까지 환하니 금상첨화였다. '남들은 일삼아서라도 밤을 새는데, 뭐' 하면서 서점에 가 영어 책도 고르고 벼르던 《논어》와 《장자》도 사며 신나 했다. 물론 처음에는 공부도 하고 책도 읽으며 꽤 유익하게 시간을 보냈지만, 점점 그 시간들이 짧아져 갔다. 그렇게 시간이 흘러 나는 마침내 아무것도 하지 않고 상황실 중앙에 있는 소파에 우두커니 앉아 있는 나를 발견했다. 평소에 방에 스탠드 하나만 켜 있어도 잠을 이루지 못하는 타입이기 때문에 잠을 잔다는 것은 시도조차 해보지 않았다. 그저 주간병들이 우르르 퇴근하고 나면 저녁을 먹고, 그러고는 다음날 아침까지 방 한가운데 가만히 앉아 있는 것이었다.

그런 날들이 하루하루 이어지다 보니 기묘한 경험을 하기도 했다. 우선 형광등 빛이 하도 진하다 보니 그것이 어떤 덩어리처럼 내 몸을 감싸온다는 환각을 느꼈던 것 같다. 그리고 그 소리, 무수한 형광등의 안정기들이 내는 소리들이 밤이 깊어감에 따라 점점 강하게 들려왔고, 그런 빛과 소리들의 목

욕탕에 들어 앉아 나는 밤새도록 황량한 공간의 건너편 벽에 붙은 포스터와 현황판들을 보고 또 보고 했던 것 같다.

그럴 무렵 이 영화를 텔레비전에서 봤다. 그러니 좌우가 잘린 데다가 또 (나중에 알았지만) 처음 5분가량은 아예 보지 못했다. 말하자면 3분의 2 정도를 보고 충격을 받은 것이다. 내용은 복잡한 것 같으면서 간단하다. 어느 사진작가가 우연히 공원에서 데이트하는 남녀를 찍었는데, 그 사진들을 자꾸만 확대하다 보니 (망점들이 커짐에 따라) 사진 속에서 어떤 살인의 기미를 발견하게 되고, 부분들을 확대하자 시체까지 발견된 것이다. 그는 한밤중에 공원으로 달려가 '정말로' 시체를 발견한다. 하지만 집으로 돌아오자 현상해 둔 사진들은 모두 없어지고 되돌아가 보면 공원의 시체도 사라진다. 주변에서는 아무도 그의 말을 믿지 않고, 그 역시 자신이 본 것과 그것을 본 자신, 그리고 그 외의 모든 것들의 실체에 의혹을 가지게 된다는 이야기이다.

나는 그중에서도 공원 장면에서 시간이 정지하는 것 같은 충격을 받았던 것 같다. 아무도 없는 공원, 회색의 하늘, 바람이 불고, 그 바람에 나뭇잎들이 끊임없이 '스스스' 하는 소리를 내고, 그 밑으로 두 명의 남녀가 서로 손을 잡고 마냥 행복해한다. 그리고 그것을 찍는 사진작가. 나는 안토니오니가 구획하고 결정한 그 공원의 공간들과 컷의 흐름이 보내오는 어떤 느낌에 마냥 빠져들었다. 그전까지 그다지 영화에 대해 매력을 느끼지 못했고, 그렇다고 해서 다른 일에 관심이 있는 것도 아니어서 내심 나는 아무 일도 할 수 없는 사람이 아닐까 하는 희미한 두려움을 가지고 있었는데, 이 영화의 공원 장면을 보는 동안 내가 좋아하는 일, 그리고 끝까지 좋아할 수 있는 것이 무엇인지 어렴풋하게나마 알게 됐던 것 같다. 그리고 그 빛의 방에서 느꼈던, '이건 잠이 부족해서야' 하며 스스로 혼란스러워했던 어떤 '의혹'들이 영화의 소재가 될 수도 있음을 알게 됐던 것 같다.

그 뒤 큰 변화 없이 그냥 그렇게 '영화인'이 되었다. 방위를 마치자마자 영화 동아리에 들어갔고, 영화 공부를 하고 공모에 응모하는 식으로 말이다. 그리고 꽤 많은 시간을 직업 영화인으로 살고 있다. 그 시간 동안 자랑스러운 일만 있었던 것은 아니다. 그리고 나의 행동도 〈취권〉을 보고 감명받아 영화인이 된 사람과 별로 차이가 나지 않을 때도 있었던 것 같고. 그리고 자신이 본 살인 사건을 아무리 설명해도 들어주지 않던 영화 속 이야기처럼 세상이 나의 이야기를 들어주지 않을 때도 많고 많았다.

하지만 그럴 때마다 항상 나의 마음속에서는 그 공원의

나무들이 '스스스' 하는 바람 소리를 내어주곤 한다. 그때마다 그 소리를 들으며 '그래, 나는 이 나무들이 있었지' 하며 싱긋 웃어 버리고 만다.

감독 미켈란젤로 안토니오니 | **출연** 바네사 레드그레이브, 사라 마일즈, 데이비드 헤밍스

사이먼 앤 가펑클 뒤의 현실

졸업 | The Graduate | 1967

김동원 | 다큐멘터리 감독, 푸른영상 대표, 〈상계동 올림픽〉 〈송환〉

영화 〈졸업〉을 본 것은 중3 때로 기억된다. 프랑코 네로가 폼 잡던 마카로니웨스턴, 왕우의 외팔이 검객 시리즈가 판치던 그 시절, 난 닥치는 대로 영화를 보러 다니는 철없는 영화광이었다. 보고 싶은 영화는 개봉날 첫 회에 봐야 직성이 풀렸고 '연소자 관람불가'도 학교 앞 만화방에 맡겨둔 사복, 가발, 털모자, 선글라스를 사용해 변장하면 만사형통이었다. 〈졸업〉 역시 '불가' 영화였지만 매표소를 통과할 때 긴장감이나 가책을 느꼈던 것 같진 않다.

난 〈졸업〉 개봉을 특히 기다렸는데, 유명한 감독이나 배우들 때문이 아니었고 '뉴 아메리칸 시네마의 대표작'이라는 고상한(?) 이유 때문은 더욱 아니었다. 내가 며칠간이나 밤잠을 못 자면서 설렌 이유는 이 영화에 사이먼 앤 가펑클의 노래들이 깔려 있었기 때문이었다. 당시 나는 미군 방송을 통해 발표되던 빌보드차트를 줄줄 외고 사전을 뒤적여 가사를 풀어 외우던 팝송광이기도 했다. 클리프 리처드, 앤 마거릿 등을 좋아하며 순진하게 출발한 나의 팝송 편력은 비틀스, 롤링 스톤스, 슈프림스를 거쳐 그 즈음엔 피터 폴 앤 메리, 마마스 앤드 파파스 등 포크와 록으로 넘어가던 때였다.

특히 사이먼 앤 가펑클을 무척 좋아했는데, 그들의 원판을 구하기 위해 용돈을 쏟아 붓기도 하고 등하교 길엔 언제나 그들 노래를 입 속에 넣고 다닐 정도로 푹 빠져 있었다(지금 생각하면 그때의 열정이 스스로도 믿기지 않지만, 지금도 그들의 노래를 들으면 자연스레 따라 흥얼조리게 되고 사춘기 시절의 기억들이 되살아온다). 고운 멜로디와 화음, 그리고 알 듯 말듯 여운을 남기는 노랫말들은 내게 완벽하게 느껴졌고 영어, 미국 음악, 그리고 미국은 자연스레 나의 동경의 대상이 되었다(그때 누군가 나에게 반미를 역설하고 팝송을 못 듣게 했다면, 난 그에게 사이먼의 노래들을 들려주며 설득하거나 멱살을 잡고 싸웠을 것이다).

그런데 영화 〈졸업〉에서 그 아름다운 노래들과 내가 동경해 마지않던 미국이 거칠고 기분 나쁜 화면들에 담긴 것을 발견했을 때 난 큰 충격을 받을 수밖에 없었다. 첫 장면 오른쪽에서 왼쪽으로(왼쪽에서 오른쪽이 아니라) 공항 복도를 지나오는 멍한 표정의 벤(더스틴 호프만)의 옆 얼굴에 '사운드 오브 사일런스Sound of Silence'가 깔릴 때부터 뭔가 이상한 느낌이 들기 시작했다. 대학을 갓 졸업한 벤이 되돌아온 집은 내가 (다른 영화를 통해) 알고 있던 미국의 안온한 가정이 아니라 낯설고 기분 나쁜 공간이었고, 그를 맞는 부모나 이웃들은 한결같이 속물스러웠으며, 급기야 벤이 늙은 여자(그것도 부모들의 친구이며 여자 친구의 엄마)와 '그 짓'을 할 땐 뒤통수를 세게 맞은 느낌이었다. 로빈슨 부인(앤 밴크로프트)의 그 섬뜩한 무표정, 지저분한 거래에 말려든 벤의 초점 없는 시선, 그리고 수영장과 호텔을 넘나드는 불친절한 점프 컷들……

무엇보다 황당했던 건 그 장면에 내가 아는 한 가장 아름다운 노래인 '스카보로 페어Scarborough Fair'가 깔려 있다는 사실이었다. 노랫말에서 연상했던 평화로운 시골 풍경, 순박하고 아름다운 처녀와의 애달픈 사랑의 장면이 아니라 은밀하고 뻔뻔하고 칙칙한 베드신에 그 노래가 기묘한 조화를 이루고 있었던 것이다. 영화 중반쯤 엘레인(개서린 로스)이 등장하고 벤이 열정적인 로맨틱 코미디의 주인공으로 돌변하면서 그런 혼란스러운 느낌은 많이 엷어졌지만……

〈졸업〉이 내게 남긴 충격과 여운은 꽤 오랫동안 지속되었다. 물론 꼭 그 영화 때문이라곤 할 수 없지만 벤보다 어리고 순진했던(?) 내게 세상은 점점 더 삐딱하고 답답해 보이기 시작했다. 난 비스듬히 눌러쓴 교모 밑에 냉소적인 시선을 감추고 기성세대와 긴급조치 시대를 쨰려보며 고교 시절을 보냈다. 그리고 〈우리에게 내일은 없다〉, 〈미드나잇 카우보이〉 같은 영화들, 도어즈나 제니스 조플린의 하드록과 재즈들, 김민기와 한대수의 음악 등은 나의 그런 반골적 자유주의 경향을 더욱 부추겼다. 아니, 부추겼다기보다는 그런 영화나 음악 외에는 몸서리치게 지겹던 70년대 초반 시절을 풀 방법이 없었넌 것 같다.

그로부터 거의 30년이 지나고 로빈슨 부인과 비슷한 연배가 되어 버린 나는 그때완 전혀 다른 생각을 하며 산다. 미국에 대한 환상은 깨진 지 오래고 팝송도 더 이상 듣지 않는다. 내가 몸담고 사는 세상이 〈졸업〉에서 엿본 것보다 훨씬 지저분하고 험한 곳이며, 어줍게 반항만으로는 인생을 올바르게 살아낼 수 없다는 것도 안다. 80년대가 지나고 국민 정부가 들어섰지만 우리 사회는 아직 미국의 60년대보다 자유

롭지 못하다. 아직껏 우리에게 자유주의는 논해본 바가 없을 정도로 사치스럽거나 위험한 개념에 머물러 있다.

지금의 내 가치관이나 영화 상식으로 본다면 〈졸업〉은 그다지 뛰어나거나 건강한 영화가 아니다. 베스트 텐에서도 밀려난 지 오래다. 그럼에도 내게는 잊혀지지 않는 특별한 영화다. 나도 〈졸업〉을 본 후 영화를 만들어 보고 싶다는 생각을 처음 하게 되었고, 다행인지 불행인지 모르겠지만 아무튼 지금 여기에 글을 쓰고 있는 것도 그 인연 때문인 것 같다.

감독 마이크 니콜스 | **출연** 앤 밴크로프트, 더스틴 호프만, 캐서린 로스

내 삶의 마지막 풍경

월하의 공동묘지 | A Public Cemetery of Wol-ha | 1967
흐르는 강물처럼 | A River Runs Through It | 1992

김병욱 | 시트콤 PD. 〈순풍 산부인과〉〈똑바로 살아라〉〈귀엽거나 미치거나〉

'내 인생의 영화'라⋯⋯. 〈흐르는 강물처럼〉그리고〈월하의
공동묘지〉? 〈흐르는 강물처럼〉하나만 꼽으면 무난한 선택이
되겠는데, 아무래도 내 영혼에 가해신 충격의 강도로 따져 보면
〈월하의 공동묘지〉를 '공동 수상'으로 집어넣어야 될 것 같다.

1. 월하의 공동묘지

소도시의 초등학교 1학년생 김병욱은 어느 여름날 밤 멋
모르고 쫄래쫄래 엄마 손을 잡고 시내 극장엘 따라가 이 영화
를 본다. 영화 중반까지의 순애보적인 드라마에 또렷한 눈망
울로 화면을 응시하던 그는 갑자기 착한 여주인공이 죽더니

웬걸 귀신이 되어 나타나면서부터 '어머?' 하며 적이 당황하다가 이윽고 그 귀신의 피가 질펀한 복수극이 시작되고 무덤이 쪼개지는 등 감당키 어려운 장면들을 마주한 후 그 여름밤을 온통 몸서리치는 악몽으로 보낸다.

그날 밤 이후 그는 정신적 공황 상태에 빠진다. 밤마다 불을 끄고 누우면 미치고 환장하게시리 자꾸만 상상 속에서 자기 자신이 마루 문을 열고 밖의 깜깜한 어둠 속으로 귀신을 만나러 걸어 나가는 것이었다. 그의 집에선 그가 잠들기 전까지 절대 불을 끄지 못하는 비상사태가 한동안 계속됐고……. 비상한 기억력과 영민함으로 장래가 촉망되던 그는 차츰 강박증으로 인해 지능 발달이 더뎌지며 마침내 길에서 우리가 흔히 만날 수 있는 보통의 평범한 어린이가 되고 만다.

이야기가 약간 곁길로 새지만, 한편 병욱의 동생 병철도 어느 날 어디서 무서운 이야기 하나를 듣고는 큰 충격을 받아(충격을 잘 받는 심약한 형제들이라) 한동안 아주 힘들어한다.

어느 봄날 오후, 마루에 나란히 누운 두 형제의 대화.

병철 와! 새벽에 얼핏 깼다가 옴~ 짝달싹도 못하고 무서워 죽는 줄 알았네.

병욱 왜?

병철 벽장에 귀신 있나 싶어서. 혹시 내가 꿈쩍하면 "너! 안 자
      고 있었구나!" 그러면서 벽장문을 열고 나올 것 같더라고.

병욱 맞아. 그럴 때 있어.

병철 코 가려운데 긁지도 못하고 있다가 형 몸부림칠 때, 그때
      틈타서 얼른 긁었어.

병욱 어.

어린 날 두 형제의 한심한 삽화다.

2. 흐르는 강물처럼

유년기의 강박에서 벗어나며 이젠 좀 쾌활하고 즐거운
청소년기를 보내는가 싶었는데, 난 좋은 길을 놔두고 또 음울
한 사변思辨의 구불구불한 소로를 택한다. 늘 어울려 지내던
형과 누나가 모두 서울로 유학을 떠난 후, 나는 중·고등학교
시절을 강가에 나가 멍하니 방죽에 앉아 있거나, 어떤 친구의
표현처럼 '늦은 오후처럼 나른하게 슬픈' 글을 가끔씩 끼적
거리며 보냈다. 이 시기의 흔한 감상感傷으로 시작했지만 내
경우에는 흘러간 시간들에 대한 그리움이 너무 커 어린 나이
에도 '슬픈 회고'에 자주 빠졌고 지금도 '회고 취미'는 내 가

장 소중한 취미 중 하나가 됐다. 그래서 난 영화도 좋은 회고
가 있는 작품에 대체로 허물어진다. 〈후라이드 그린 토마토〉
가 그랬고, 마지막 제물낚시 장면이 모든 영화를 통틀어 가장
가슴을 서늘하게 했던 〈흐르는 강물처럼〉은 그래서 늘 '내 인
생의 영화'다.

"이해는 못했지만 사랑했던 사람들은 모두 죽었다. 그러
나 난 아직도 그들과 교감하고 있다. 어슴푸레한 계곡에 홀로
있을 때면 모든 존재가 내 영혼과 기억 그리고 강의 소리, 고
기가 물리길 바라는 희망과 함께 모두 하나의 존재로 어렴풋
해지는 것 같다. 그러다가 결국 하나로 녹아든다. 그리고 그
것은 강물을 타고 흘러간다."

고향 강가 방죽에 앉은 내 삶의 마지막 풍경을 그릴 때
마다 난 늘 이 낮은 읊조림을 생각한다.

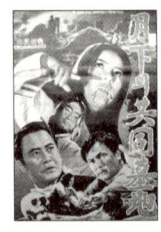

감독 권철휘 | **출연** 강미애, 박노식, 황해, 허장강
감독 로버트 레드퍼드 | **출연** 크레이그 셰퍼, 브래드 피트

길 잃으면 고양이버스 불러줘!

이웃집 토토로 | My Neighbor Totoro | 1988

김선구 | 애니메이션 프로듀서, 〈고인돌〉 〈우비소년〉 〈아치와 씨팍〉

내가 미야자키 하야오 감독의 작품을 처음 본 것은 1992년이다. 후배가 건네준 불법 복사 비디오로 처음 본 작품이 〈마녀의 특급배달〉. 그때까지 난 이 천재 감독의 이름도 몰랐있다. 그리고 다시 〈이웃집 토토로〉를 보았다. 후배를 붙잡고 물었다. "도대체 이 사람 누구냐?"

나는 촌놈이다. 인터넷 아이디도 '산골소년'이다. 사실 서울에 10년 넘게 살았고, 산골을 떠나온 지는 그보다 훨씬 오래됐지만, 누군가를 만나 이런저런 이야기를 하다 보면 금방 촌놈 소리를 듣게 된다. 왜 그런가 하면 대부분 만나는 사람들이 애니메이션이나 영화에 관계된 이들인데, 통성명 끝나고 맥주라도 한잔 하게 되면 으레 옛날에 봤던 영화, 좋아하는 애니메이션, 요즘 즐겨 보는 만화 등등이 단골 메뉴가 되고 그러면 금방 출신 성분이 들통나는 것이다. 결정적인 건 이런 경우다. "우리 동네에는 극장이 없어서 〈로보트 태권브이〉 못 봤는데요." 읍내에 극장이 생긴 게 언제쯤이었을까? 그나마도 신작로를 따라 10리 길은 가야 했다. 언젠가 극장이 생겼다는 소문이 들린다 싶더니 비실비실하다가 마침내 망해 버렸고, 지금까지도 내 고향에는 재개봉관 하나 없다. 결국 고교 시절의 단체관람 몇 편을 빼면 극장에서 영화를 보기 시작한 건 서울에서 대학을 다니면서부터다. 하지만 몇 편 본 영화들도 그다지 깊은 인상을 주지는 못했다. 그냥 '재밌다', '멋지다' 정도였다. 이소룡, 주윤발의 액션이나 스필버그의 SF는 아무리 재미있어도 영화가 끝나면 장면이 잘 기억나질 않았다. 저런 영화 한번 만들어 보고 싶다는 생각은 전혀 하지 못했다.

〈…토토로〉를 보고 처음으로 나도 영화를 만들어 보고 싶다는 생각이 들었다. 왜 그랬는지는 잘 모른다. 약간 색이 바랜 영상들이었지만 그렇게 인상적일 수 없었다. 지브리 스튜디오의 다른 작품들도, 극장에서 본 디즈니 애니메이션도 〈…토토로〉의 느낌과는 달랐다. 사츠키에게 구멍난 우산을 내미는 칸타의 모습이 내 어릴 적의 그것과 겹쳐서였을까? 아니면 그 마을 어딘가에 우리 집도 있을 것 같은 착각이 들어서였을까? 확실히 〈…토토로〉는 미야자키 감독의 멋진 상상력을 유감없이 보여주는 명작이다. 현실에 상상력을 덧붙였다기보다는 자신이 만든 상상의 세계에 현실 세계와 배우들을 불러들인 것 같은 착각마저 든다. 얼마 전 미야자키 감독의 작품인 〈센과 치히로의 행방불명〉을 볼 기회가 있었다. 이 작품도 역시 현실과 환상이 공존하는 세계를 보여주고 있는데, "내 상상력 어때?" 하고 묻는 감독의 귀여운 얼굴이 스크린에 겹쳐지는 것 같았다.

〈…토토로〉는 내가 가장 여러 번 본 영화임이 분명하다. 그런데 볼 때마다 느낌이 조금씩 달라져서 결국은 또 다시 보게 된다. 처음엔 토토로와 고양이버스가 주연이라고 생각했는데, 몇 번 보니 이 영화의 주연은 사츠키와 메이였다. 이것 역시 최근의 느낌이니 다시 보면 달라질지 모르지만, 무엇보다 동생 메이의 연기가 단연 압권이다. 메이와 사츠키 그리고 칸타 등 인물 캐릭터의 동작 연기는 실사영화의 리얼한 움직임과는 다르다. 약간 과장된 듯한 이들의 연기는 훨씬 사실적으로 보여 애니메이션 캐릭터 연기의 매력을 제대로 보여준다. 또 매번 볼 때마다 웃는 시점과 슬퍼지는 장면이 달라진다. 한번은 검댕이 먼지가 저녁 하늘을 지나 이사를 가는 장면에서 눈물이 날 뻔했는데, 다음번엔 내가 왜 그랬는지 이유를 알 수 없었다. 어쩌면 〈…토토로〉를 처음 봤을 때 느꼈던 감동을 자꾸만 자가 증식 시키고 있는 건지도 모르겠다. 또는 감독이 전하는 느낌을 충분히 받았다고 생각하면서 나도 그런 작품을 만들 수 있다고 스스로 격려하고 있는지도 모른다.

물론 그 뒤로 더 많은 재미있는 애니메이션과 영화를 보게 됐다. 그렇다고 첫사랑 〈…토토로〉에 비할 수는 없지만, 바야흐로 세상은 넓고 천재는 많아서 별의별 좋은 작품이 많다. 갈 길은 멀고 마음만 급하다. 토토로가 산골소년을 여기까지 데리고 왔으니 혹시 길을 잃으면 고양이버스를 불러주겠지.

감독 미야자키 하야오 | **애니메이션**

머, 아홉 번 봤다꼬? 제정신이가?

타워링 | The Towering Inferno | 1974
사운드 오브 뮤직 | The Sound of Music | 1965

김유준 | 〈에스콰이어〉 편집차장

등장인물: 큰누나(1955년생), 나(1966년생)

1977년 겨울, 부산의 남포동 극장 거리, 낮

큰누나. "안 되겠다. 사람이 너무 많다." 나. "표가 없나?" 큰누나. "그래. 딴 거 보자." 나. "딴 거 뭐?" 큰누나. "부산극장에서 〈타워링〉 하네." 나. "어떤 영환데?" 큰누나. "불구경하는 영화다." 나. "엊그제 옆집 솜공장에 불나가꼬 시껍해 놓고 또 불 구경하고 싶나?" 큰누나. "그거하고는 쪼매 다를 기야. 야튼 〈전자인간 337〉보다는 재밌을걸."

부산극장 앞. 밤

큰누나. "어떻더노?" 나. "지기더라. 재미있어 죽을 뻔했다. 소방대장 글마 그거 누고?" 큰누나. "스티브 맥퀸. 멋있제?" 나. "지기더라. 건축기사 글마 그거는 또 누고?" 큰누나. "폴 뉴먼. 멋있제?" 나. "지기더라. 지만 살라 카다가 죽어 삐는 비겁한 글마 빼놓고는 다 멋있더라." 큰누나. "로버트 와그너라 카는 사람이다." 나. "고양이 구해주는 시꺼먼 글마는 또 누고?" 큰누나. "O.J. 심슨이라는 사람이다. 진짜 배우는 아이고, 미식축구 했다 카더라." 나. "누나야, 혹시 글마가 나중에 큰 사고칠 것 같은 그런 예감 안 드나?" 큰누나. "니도 느낏나?"

1979년 여름, 나의 집. 낮

나. "학교 다녀왔습니다." 큰누나. "왔나?" 나. "집에 누나 혼자뿐이가?" 큰누나. "그래. 전부 다 나가삣다. 그건 그렇고 니 잠시 내하고 어데 좀 가자." 나. "어덴데?" 큰누나. "가보머 안다."

삼성극장 앞. 낮

나. "영화 보자꼬?" 큰누나. "싫나?" 나. "어데. 좋아서

46

하는 소리지. 먼 영환데?" 큰누나. 〈사운드 오브 뮤직〉. 나는
벌써 이거 아홉 번째다." 나. "뭐하는 영환데?" 큰누나. "노래
부르는 영화다." 나. "그거를 아홉 번 봐다꼬? 제정신이가?"
큰누나. "한번 바바라. 제정신인가 아인가."

삼성극장 앞. 밤

큰누나. "어떻더노?" 나. "말도 몬하게 재밌더라. 노래도
너무 좋고, 신나 죽겠더라." 큰누나. "그럴 줄 알았다. 집에
가자. 레코드 들리주께." 나. "레코드도 있나?" 큰누나. "그
래. 오리지널 사운드트랙이라 카는 기다." 나. "그기 먼데?"
큰누나. "노래들을 영화에서 나온 그대로 녹음해 놓은 기다."

집의 누나 방. 밤

큰누나. "영화하고 똑같제?" 나. "지긴다. 영화 한 번 더
보는 거 같다." 큰누나. "유준아." 나. "와?" 큰누나. "내 내일
시집가는 거 알제?" 나. "안다." 큰누나. "어떻노? 좋나?" 나.
"모르겠다. 기분이 이상하다. 안 좋다." 큰누나. "집에 자주
놀러오께." 나. "영화도 또 보이도." 큰누나. "울지 마라. 누나
시집간다는데 울기는 와 우노?" 나. "시집가는 사람이 우니까
따라 우는 기지."

1994년 김포공항. 낮

나. "뉴질랜드까지 얼마나 걸리노?" 큰누나. "몰라. 인자 헤어지며 언제 또 볼지 모르겠네." 나. "신혼여행 글로 가며 안 대나. 울지 마라. 좋은 나라 가는 사람이 와 우노." 큰누나. "그라는 니는 나쁜 나라 남아 있어서 우는 모양이지?" 나. "아지매가 우니까 쪽팔려서 우는 기지, 나쁜 나라는 무슨……."

2003년 봄, 정동의 어느 사무실

나. "영화 이야기를 쓰라니 뉴질랜드로 이민간 큰누나가 생각난다. 가치관을 뒤흔든 숱한 영화들을 놔두고 '내 인생의 영화'로 큰누나와 본 몇 편이 떠오르는 것은, 내가 아직도 '영화 그 자체'보다 영화로 인한 추억을 더 소중하게 간직하고 있다는 증거이리라. 신혼여행을 그리 간다 했지만 아직 약속을 지키지 못하고 있으니 안타깝다. 끝으로, 오해할까봐 드리는 말씀인데, O.J. 심슨에 관한 대화에는 '뻥'이 좀 섞였다."

감독 어윈 앨런, 존 길러민 │ **출연** 스티브 맥퀸, 폴 뉴먼
감독 로버트 와이즈 │ **출연** 줄리 앤드루스, 크리스토퍼 플러머, 리처드 헤이든

튜니티처럼, 주성치처럼

내 이름은 튜니티 | My Name Is Trinity | 1971
서유기 선리기연 | A Chinese Odyssey2: Cinderella | 1994

김정영 | 청년필름 프로듀서

제목 한번 거창하군, 인생의 영화라니. 아이고, 인생까지 들먹거릴 정도로 대단한 그 무엇인가를 꼭 써야 된다는 강박관념 때문에 제길 써지지도 않잖아. 그래서 나는 다리만 덜널 떨다가 단골 술집으로 갔다고. 시원한 맥주를 마시면 분명 머리가 팽팽 돌아가 잘 써질 거라고 생각하면서. 그곳은 신촌의 한 구석탱이에 있는 작은 술집이지. 오래된 단골들만 북적거리는 곳. 베개에 눌린 머리를 한 채 슬리퍼 신고 혼자 앉아서 홀짝 술을 들이켜는, 나와 비슷한 군상의 손님들이 많은 곳. 토요일 주말에도 남녀 한 쌍씩 들어오는 손님은 없고 혼자 아니면 추리닝 바람의 남자들끼리 여자들끼리만 와서 조금은 초라해 보이는 자신들을 음악 속으로 몰아 버리는 그곳은 정말이지 패잔병들의 쉼터 같은 느낌이 드는 곳이야. 초콜릿 파는 할머니는 오늘도 초콜릿 안 팔고 저쪽에서 술을 마시고 있구먼. 또 자기 아들래미 자랑하면서 말이야.

난 이곳을 동생들이랑 자주 오지. 우리는 이곳의 사람들을 좋아해. 내 동생들은 위대한 술꾼들이지. 술꾼은 우리 집안 내력인가. 아버지도 술을 좋아하셨는데, 그분이 가장 좋아하던 영화는 〈내 이름은 튜니티〉였어. 키키키, 튜니티라. 정말 기억만 하면 땀에 전 더러운 얼굴에 비열한 웃음, 하지만 모든 비열한 행동을 용서해 줄 수 있는 푸르고 착한 눈(여기서 눈은 필필 눈이 아니라 눈알이야) 등이 기억나. 세상에, 아버지는 멋있고 비장한 여러 서부극들도 있는데 왜 그토록 비열한 주인공이 황당하게 활약하는 이 마카로니웨스턴을 그리도 좋아했을까? 혹 반미주의자? 아냐, 아냐, 냉정을 되찾자.

아버지와 함께 캬캬거리며 그 영화를 보았던 우리는 지금도 비디오 가게를 돌아다니며 튜니티 시리즈를 찾아보곤 하지. 튜니티를 좋아하던 우리는 성장해서 그것에 필적할 만한 인물을 찾아냈지. 정확히 말하자면 내 남동생 녀석이 열광하면서 좋아하던 주인공인데, 어느덧 내 여동생과 나도 헤헤거리며 좋아하게 되었어. 아버지는 튜니티에 남동생은 주성치에 캬, 이런 우리 집안 남자들의 심미안은 정말 자랑스러워. 우리 집은 동화 속 거인의 집처럼 6년 동안 손질 안 된 정원과 개똥 지뢰밭을 지나 현관을 들어서게 되어 있는데, 내 생각에는 우리 집 개도 주성치를 좋아하는 것 같아. 맞아, 우리가 사랑하는 인물은 바로 주성치야. 우리 3남매는 벌써 30대 전후의 성장한 어른인데도 누구 하나 결혼을 해서 나가지 않고 토요일, 일요일을 굳건하게 서로를 위로하며 함께 똘똘 뭉쳐 살고 있지. 내 남동생과 동네 슬리퍼 친구들은 술을 마시다 우리 집으로 몰려와 우리와 술도 마시고 게임도 하고 개랑 놀아 주기도 하지.

우리 집은 이름하여 '역삼 객잔'이야. 이런 주말이면 우리는 모두 TV 앞에 모여 잘 나가는 녀석들을 시기하며 독설을 퍼붓지. 이럴 즈음 주성치를 빌려와 낄낄거리며 보다가 아쉽게 자리를 끝내기도 하지. 〈서유기 선리기연〉, 〈가유희사〉, 〈식신〉, 〈심사관〉, 〈파괴지왕〉, 심지어는 주성치가 카메오로 나오는 성룡의 영화를 보면서 입맛을 다시기까지 하지. 짧은 출연에 아쉬워하며. 우리 3남매는 줄곧 주성치의 캐릭터에 푹 빠져 주말을 온통 날려 버리는 거야. 맥주를 홀짝거리며 말이야. 내 생각에 우리 3남매는 그 시간 동안 어린 시절 튜니티를 보던 푸근한 향수에 젖는 것 같아. 이제는 옆에서 들리던 아버지의 감탄사만 들리지 않을 뿐이지.

여러 가지 우여곡절로 뒤늦게 7년 만에 대학을 졸업했는데(남들은 군대 갔다온 줄 안다니까) 첫 직장이 운 좋게도 이른바 좋은 영화를 푸는 곳이었지. 〈그린 파파야 향기〉, 〈길버트 그레이프〉, 〈넬〉, 〈제8요일〉, 〈샤인〉 등등. 기자 시사회나 평론가 시사회를 들락거리고 보도자료를 써 대면서 조금은 우쭐거리기도 했지. "고급 영화 보급의 선봉이 되었다" 이러며 하늘을 찌를 듯이 잘난 척을 하고 다녔던 것 같아. 내가 푸는 이외의 영화는 우습게보면서 말이지. 하지만 고급 문화와 저급 문화의 차이는 무어지. 이런 바보 같은 이분법 논리로 아마도 나는 문화적 경쟁 심리의 허를 이용한 마케팅을 아주 잘했던 거 같아. 알고 보니 난 사기꾼이었던 것 같아. 아, 싫다……

왜냐하면 밖에선 그러고 다니면서 집에선 눈물 흘리며 주성치를 보고 끊임없이 만화책을 사다 모으곤 했으니 말이야. 이런 이율배반적인 생활에 종지부를 찍고 과감히 회사 생활을 접은 지 이제 1년이 되었어. 동생들은 축하해 주었지(의료보험 카드가 없어지는 건 아쉬워했지만). 나의 소속은 청년 서른세 살의 선택치고는 황당하지만, 뭐 어때. 이제 시작인걸. 그리고 이곳엔 주성치를 아주 좋아하는 악취미의 여장부

장모 양도 있는데 말이야. 튜니티와 주성치처럼 조금은 비겁하고 힘도 없고 안 씻고(특히 이 부분이 맘에 들어) 그렇다고 극단적인 나쁜 길로 빠지지도 않는, 그래서 묘한 패배감과 안도감을 느끼는 우리의 모습. 그들은 영화 속 인물이지만 관객들은 거기서 남동생을, 아버지를, 나 자신을 만난다고. 그래, 사람이 곧 영화인데 말이야.

어이, 제목 바꾸라고. 내 인생의 영화가 뭐냐고. 그리고 영화제에 주성치 좀 초청하라고.

감독 엔조 바보니 | **출연** 테렌스 힐, 버드 스펜서
감독 유진위 | **출연** 주성치, 막문위

A
R i v e r
R u n s
T h r o u g h
I t

흐르는 강물처럼

내 경우에는 흘러간 시간들에 대한 그리움이 너무 커 어린 나이에도 '슬픈 회고'
에 자주 빠졌고 지금도 '회고 취미'는 내 가장 소중한 취미 중 하나가 됐다. 그래
서 난 영화도 좋은 회고가 있는 작품에 대체로 허물어진다. 〈후라이드 그린 토마
토〉가 그랬고, 마지막 제물낚시 장면이 모든 영화를 통틀어 가장 가슴을 서늘하
게 했던 〈흐르는 강물처럼〉은 그래서 늘 '내 인생의 영화'다

_김병욱 | 시트콤 PD

Police Story

폴리스 스토리

언제 봐도 질리지 않는 놀라운 스턴트의 연속! 폭소 연발! 나도 무술을 배우면 악당들을 물리칠 수 있을 것 같다는 희망을 주는 놀라운 작품! 그렇다. 바로 〈프로젝트 A〉와 〈폴리스 스토리〉다! (……) 난 늘 그랬듯이 성룡의 다음 영화를 애타게 기다린다. 그리고 내가 성룡의 영화를 아무리 봐도 질리지 않고 다음 영화를 기다리듯 너도 누군가에게 그런 영화를 선사할 수 있는 사람이 되고 싶다.

__류승완 | 영화감독

에스프레소 향 풍기는 갱스터 무비

글로리아 | Gloria | 1980

김지운 | 영화감독. 〈반칙왕〉 〈장화, 홍련〉 〈달콤한 인생〉

몇 해 전 나는 가방 하나 달랑 메고 무려 5개월 동안 유럽으로 무전여행을 떠난 적이 있다. 수많은 날들을 바게트와 바나나로 끼니를 때우면서 파리의 극장을 이곳저곳, 구석구석 이 잡듯이 뒤지고 다니던 때였다. 뱃속에선 연신 꼬르륵 소리를 내며 아우성이었지만, 좋은 영화 한 편 보고 나오면 그것마저도 마냥 행복하게 느껴지던 시기였다.

그날도 여느 때와 같이 바게트 위에다 소시지 한 겹 살짝 올려놓고 자판기 에스프레소 커피로 간단히 연명한 뒤 후미진 파리 뒷골목의 극장가를 어슬렁거리고 있었다. 유럽 특유의 궂은 날씨가 하루 내내 내 머리 위로 낮게 내려와 있었고, 줄리앙 뒤비비에의 흑백영화에서 봤음직한 가로등 하나가 축축이 젖어 있었는데, 그 젖은 불빛 아래로 살짝 드러난 어느 작은 영화관 벽에 붙어 있는 스틸 한 장이 내 시선을 사로잡았다.

중학교 때였던가, 명동 뒷골목 외국 잡지를 파는 어느 헌책방에서 구입한, 〈스크린〉인지 〈로드쇼〉인지 잘 기억나진 않는 일본 영화 잡지에서 보았던 스틸 한 장과 이름도 어려운 파리의 이 영화관 앞에 내걸린 스틸 한 장이 똑떨어지게 오버랩되는 것이었다. 순간, 10여 년을 뛰어넘는 시간감과 지구 반대쪽이라는 공간감이 휘발성을 가지고 휙 하고 증발해 버렸다.

금발의 50줄에 들어선 여인이 불을 뿜는 듯한 표정으로 누군가를 쏘아보며 카메라를 향해 권총을 발사하는 이 한 장의 스틸은 시공을 초월하며 매우 강렬한 인상으로 내 시신경을 강타했다. 나는 뭔가에 사로잡힌 듯, 똑바로 서서 미간을 찌푸린 채 영화 제목이며 감독이며 주연배우의 이름을 더듬더듬 읽어 내려갔고, 비로소 그 영화가 〈글로리아〉이며 금발의 여인이 지나 롤랜즈이고 감독이 존 카사베츠라는 것을 알게 되었다. 10년 동안 뇌리에서 숨바꼭질하다 그 스틸 한 장의 마술이 10년 만에 서울 반대쪽에서 스르르 풀리고 만 것이다.

　허겁지겁 입장료를 내고 극장 안에 들어선 나는 작은 극
장이긴 하지만 객석이 거의 다 차 있는 것을 보고 놀랐고, 영
화가 시작되면서 존 카사베츠와 지나 롤랜즈가 거는 황홀한
마술에 또 한번 걸려들고 있었다. 바스키아가 그려 놓은 듯한
낙서화풍의 크레디트가 뜨고, 낮고 축축한 재즈 넘버가 화면
을 휘감으면서 뉴욕 전경이 드러난다. 자유의 여신상이 음울
하게 드러나고 양키즈 스타디움으로 보이는 대형 경기장의
수많은 인파의 환호를 비껴 나가 카메라는 한 대의 노란색 시
내버스를 쫓고 있다. 버스가 서면 서너 명의 흑인 아이들이
버스 뒤에 붙어 있다가 낄낄거리며 후닥닥 뛰어가고 남미 계
열로 보이는 젊은 부인이 흔들리는 버스 안에서 불안한 모습
으로 내릴 채비를 한다.

　현대 미국 뉴욕의 폭발 직전의 불안감을 정확하게 묘사
하며 영화는 시작한다. 마피아의 옛 정부인 글로리아(지나 롤
랜즈)가 본의 아니게 가족이 몽땅 마피아에게 학살된 이웃집
소년을 떠맡게 되고, 소년을 마피아로부터 보호하며 나아가
그들과 한판 승부를 벌이는 이 이야기는 존 카사베츠의 작품
으로는 그전 영화와 여러 면에서 대비되는 색다른 갱스터 필
름이다.

우선 존 카사베츠는 그전까지 그의 영화 동반자라 할 수 있는 피터 포크, 벤 게자라 등과 인생의 동반자라 할 수 있는 부인 지나 롤랜즈와 더불어 줄기차고 집요하게 사랑과 우정, 그리고 알코올을—존 카사베츠는 지독한 알코올 중독으로도 유명하다—고독한 남성적 시각으로 보여주었다. 반면에 〈글로리아〉에서는 물리적 남성성의 은유적 압축이라 할 수 있는 마피아와 한판 승부를 벌이는 장한 여성성을 보여준다. 여성 전사 영화의 효시이기도 하고, 뤽 베송의 〈레옹〉은 지나 롤랜즈와 소년의 성을 뒤바꿔 놓은 버전이기도 하다. 드라이한 리얼리티로 긴장감을 증폭시키고, 지나 롤랜즈의 파워풀하고 폭발력 있는 연기는 관객을 압도한다. 또한 신화를 깨고 살벌한 긴장감과 영화적 박진감을 주는 것은, 같은 마피아 영화인 코폴라의 〈대부〉보다 마틴 스코시즈의 〈좋은 친구들〉에 가깝다.

사실 유럽의 젊은 시네아스트들에게 미국 영화의 선구자요 우상으로 떠받들어지던 존 카사베츠는 계보학상 마틴 스코시즈와 우디 앨런에게 적잖은 영향을 주었다. 〈우디 앨런의 부부일기〉는 존 카사베츠의 〈남편들〉의 오마주이기도 하며, 그 전통은 〈부기 나이트〉로 유명한 폴 토머스 앤더슨의 장편 데뷔작 〈리노의 도박사〉와도 닿아 있다(이 영화는 비디오로 출시돼 있으니 꼭 찾아보기 바란다).

어쨌든 〈글로리아〉는 뉘앙스와 분위기가 존 카사베츠 영화의 전작과 다르긴 해도 아주 다이내믹한 고급 갱스터 필름이다. 그런데 이 작품을 우리나라 일반 비디오 가게에서 찾기란 그리 쉽지 않다. "〈글로리아〉 있나요?"라고 물으면 한결같이 "네. 전쟁 영화죠?"라고 되묻는다. 국내에 〈글로리아〉라는 제목으로 출시된 작품이 몇 개 있는데, 그냥 주인이 주는 대로 받아오면 베트남전을 배경으로 한 〈글로리아〉나 에로물 〈미망인 글로리아〉를 받아오기 십상이다. 더 신경 안 쓰는 주인이라도 만나는 날엔 〈글로리아 두케〉라는 영화를 받아 쥐기도 하니 감독과 배우에 반드시 신경 쓰기 바란다.

감독 존 카사베츠 | **출연** 지나 롤랜즈, 벅 헨리

아아, 웃고 있어도 눈물이 난다!

우묵배미의 사랑 | A Short Love Affair | 1990

김해곤 | 시나리오 작가, 영화배우, 〈파이란〉 〈블루〉 각본, 〈달콤한 인생〉 출연

"노력해라! 노력해서 안 되는 일이 없다. 그것은 실로 만고의 진리인데, 게나 고둥이나 그 말을 많이 써 닳아 버린 탓에 그 뜻의 효율과 진정성이 피 보고 있다." 듣기에도 좋고 천만 번 옳은 말이기는 한데, 미안하지만 나는 그 말 절대 안 믿는다. 설령 보편타당한 가치라 해도 내 경험적 기준에서는 성공한 자의 교시 내지는 자기들처럼 안 된 우리에 대한 훈육으로밖에 안 들린다. 성격이 삐뚤어지고 세상에 대한 열패감으로 가득한 자의 말꼬리 잡기로 치부한다 해도, 내가 아니면 아닌 것이다. 왜? 지구는 자기를 중심으로 돈다며?

    피 터지는 노력의 보상으로 주류에 편입된 세상의 잘난

작자들에게 겸손히 고개 숙여 처분만을 바라지 않고 대가리 들이대며 목에 핏대를 세우는 것은, 내 태생적 뻔뻔스러움도 있으나 끼리끼리 모여 자기들 잘살 궁리만 하며 계급 만들고 위화감 조성하는 패거리 문화에 대한 가소로움 때문이기도 하다. 잘나신 분들은 그 단련된 내공으로 좋은 말도 많이 하신다. "모두는 평등하니 그 속에서 살맛나게 일하자."

근데요, 아저씨들! 계급이 존재하는 사회에서 평등을 본 적 있으세요? 천박하다는 군대에서도 계급은 인격 밑에 있다고 말하거든요. 더 욕심 안 부리며 참고 살 테니까 기회 앞에서나 평등 좀 보장해 주세요. 그러나 그 또한 쉽지 않음을 나는 살면서 배웠다. 그래서 다시 체념을 익혔고, 그 뒤 내 인생에서 '열심히', '치열한', '투쟁적', '고단한 여정 속에 피곤기 남은 승리' 같은 말들은 영구 제명되었다. 그리고 평온을 얻었다. 일단은 사람 대하는 게 편해졌고, 잘난 사람이나 못난 사람이나 그만그만해 보이기 시작했다. 해방이었다. 콤플렉스로부터! 욕망으로부터! 사회적 조건으로부터! (이 천박한 해방감을 부디 용서하시라!)

그 즈음 내가 그러한 경지(?)에 도달할 수 있도록 일조한 내 인생의 영화가 있었으니, 장선우가 연출하고 박중훈, 최명길, 유혜리가 출연한 〈우묵배미의 사랑〉이 그것이다. 유희적인 측면으로 인생을 대할 만큼 시건방져진 나는 그동안 많이 변해왔고 또 앞으로도 바뀌겠지만, 일단은 〈우묵배미…〉를 생각하니 실로 암담하기만 했던 그때가 추억처럼 그리움으로 다가온다. 배일도! 못난 우리를 대변하는 이 얼마나 성스럽고도 거룩한 이름인가! 도시에서 밀려난 소외 계층의 민초들이 논길과 밭길이 어우러진 서울 근교 외진 마을에 남루히 살면서도 그 속에서 살 힘을 얻어, 웃음을 짓고 싸움질을 하고 사랑도 하는 끈적끈적한 우리 삶을 질펀하게 살 냄새 풍기며 만든 영화인데, 나는 영화를 보면서 조용필 노래 가사처럼 아아, 웃고 있어도 눈물이 났다. 그들의 웃음은 한쪽의 눈물이 되고 한쪽의 사랑은 또 다른 사랑 한쪽의 눈물을 야기했으나, 그런 그들이 매정하게 보이지 않고 애처롭게 느껴지지도 않는 것은 박중훈이라는 걸출한 배우의 실감나는 연기 탓이기도 하겠지만, 본디 삶 속의 가학과 피학에 대한 저항력이 우리 민중의 정서 속에 끊임없이 굳건히 길러지고 있기 때문이기도 했다.

내연의 여자 공례의 어린 아들을 나무라며 지 애비 닮아서 그 꼴이라 핀잔을 주거나, 어두운 비닐하우스 속에서 두 남녀가 놀아난다거나, 극악한 조강지처가 못난 자기 남편 욕하는 이웃집 여편네 머리채를 거머쥔다거나, 장면 하나하나마다 적어도 내 정서 속에 없는 것이 없었다. 특히 무대책, 무계획, 무개념으로 일관하는 배일도를 연기한 박중훈의 연기를 보다가 나는 깊은 생각에 빠지곤 했다. 과연 저게 사람의 새끼인가? 무슨 놈의 새끼가 저리 연기를 잘할 수 있단 말인가? 〈우묵배미…〉의 인물 하나하나는 모진 광야 속 들꽃 내지 잡초로 내게 각인되었다. 꽃을 풀이라 말하고 풀을 꽃이라 말하는 건 부르는 사람의 기호겠으나, 어쨌든 그 불멸성에 나는 살 힘을 얻었다.

어느 늦은 일요일 밤, 박중훈과 단둘이 만난 허름한 호프집에서 튀김 닭 반 마리를 발라먹으며 내가 물었다. "모든 엘리트 코스 밟으며 상대적으로 우아하게 살아온 사람이 어찌하여 그런 연기를 그렇게 잘할 수 있어?" 천하의 박중훈이 응수하기를 "김 작가! 사람살이가 엇비슷한데 본성으로만 이해하면 사람은 다 같은 거야. 천재와 잡놈이 종이 한 장 차이듯, 엘리트와 잡놈도 한 끗 차이라니까." 졌다! 또 졌다! 그 명쾌함에 나는 두 손 두 발 자지까지 다섯 개 한꺼번에 다 들었다.

사실 그랬다. 머리 영리하고 천재적으로 연기하며 삶의 통찰력까지 갖춘 우리 시대의 배우 박중훈은 주류를 연기할 때보다 아웃사이더를 연기할 때 더욱 빛났다. 〈게임의 법칙〉

이나 〈인정사정 볼 것 없다〉나 〈할렐루야〉나……. 어디 그뿐이랴! 어쨌든 난, 이 영화를 통해서 살 힘을 얻었고, 이 영화 속 배우를 통해 내 목 조르던 자들의 정체까지 알게 됐으니. 〈우묵배미의 사랑〉, 어찌 내 인생의 영화라 부르지 않을 수 있겠는가!

감독 장선우 | **출연** 박중훈, 최명길, 유혜리

불러본다, 나의 J.D.를

헤더스 | Heathers | 1989

김현진 | 잡문가, 《네 멋대로 해라》《불량소녀 백서》

내 청춘을 생각한다. 물론 지금도 청춘기(나는 사춘기라는 표현을 좋아하지 않는다)지만 지금까지의 내 인생에서 가장 예민했던 시절, 나는 남대문시장 바로 맞은편 남창동 골목에 살았다. 그 즐비했던 지저분한 여인숙, 점술집, 여관 골목에 연탄 냄새 매캐하고 시퍼렇게 페인트칠된 아파트에서 여전히 지금과 같은 무표정한 얼굴로 살면서 90년대 초기의 서울을 봤다. 휙 고개를 돌리면 저마다의 사연을 지닌 채 서울역으로 밀려들고 밀려 나가는 수많은 사람들이 있었고, 남대문시장의 악다구니와 롯데백화점의 우아한 호객 행위가 공존하는 광경이 있었다. 나는 무표정한 얼굴로 그들을 바라보며 명동을 가로질러 지하도 구석에 있는 서점에 콕 처박혀 칼처럼 예민했던 열두 살, 열세 살을 보냈다. 다른 아이들이 동화책을 읽고 엄지공주를 꿈꾸며 살 때, 나는 여관 골목의 입술이 새빨간 여자들과 나날이 누렇게 말라가는 방글라데시인 시다들을 보며 '인생이 아름답다는 놈 있으면 내 손으로 없애주지' 하고 생각했다. 학교 가는 길에 보면 닭장처럼 지어 놓은 판잣집에 개구멍만 한 창문이 뚫려 있고, 50촉도 안 돼 보이는 희멀건 전구 불빛 아래 얼굴이 누렇게 뜬 시다들이 낮이나 밤이나 드륵 드르륵 재봉질을 하고 있었다. 내가 기억하는 한 그들은 언제나 똑같은 얼굴로 그 자리에 있었다. 그 옆의 벽에 붙어 똑같이 누렇게 바랜 얼굴로 웃고 있던 손바닥만 한 최진실 사진은 왜 그리도 나를 우울하게 하던지. 내 예민한 청춘기에 익숙한 풍경이었지만, 그들의 누렇게 뜬 얼굴에는 도무지 익숙해지지 못했다. 암울했던 청춘이었다.

그런 나의 우울함은 지금까지 내가 '이상한 애'라는 꼬리표를 달고 다니는 데 일등공신 역할을 했다. 하지만 나는 웃을 수가 없었다. 그 누렇게 뜬 얼굴, 얼굴들……. 그들을 보다 집에 와서 TV를 켜면 새로 들어선 문민정부, 신한국, 새로운 질서, 변화를 외치는 구호가 물결치고 있었고, 밖에는 여전히 낯모르는 청춘들이 전구 불빛에 바래가고 있었다. 나는 열두 살 때, 그 시대들의 얼굴빛에 이유도 모른 채 끊임없이 괴로워했다. 어쩌면 적당히 가려지고 덮여 있어야 할 세상 모순의 실체를 너무 일찍 목격한 것인지도 모른다. 바른생활 교과서에서 '누구나 열심히 하면 잘살 수 있는 우리나라는 좋은 나라'라고 배우고 집으로 돌아오는 하교 길에 보는 서울역 지하도의 풍경은, 믿기지는 않았지만 두 눈 부릅뜬 현실이었다. 지하도의 행려와 노숙자들의 모포에서 나던 퀴퀴한 냄새가 어쩌면 진실의 냄새였는지도 모른다. 그 모순들. 서울역 지하도와 입술 빨간 여자들에게서 풍기는 싸구려 파운데이션 냄새. 극단적인 리얼리즘.

나는 거짓을 싫어한다. 적어도 내 앞에는 90년대 초기의 '진실'들이 있었다. 그러나 참으로 구차한 진실, 너덜거리는 현실이었다. 내 청춘도 같이 너덜거리던 그때, 〈헤더스〉를 봤다. 그때도 그랬고, 지금까지도 '나는 왜 이렇게밖에 못살지?'라는 질문은 끊임없이 나를 들볶는다. 〈헤더스〉는 '왜 나는 아무도 고민 안 하는 쓸데없는 생각 때문에 아파하지?', '왜, 왜 나는 이상하지?'라는 물음에 '젠장, 좀 이상하면 어때!'라는 너무나 기분 좋고 막가는 대답을 얻게 된 영화다. 좀 이상하면 어떤가, 좀 사이코 같으면 어때, 누구나 자기 몫의 인생이 있다. 자기 몫의 아픔이 있고, 사람은 상처를 통해 그렇게 성장하는 것이다, 뭐 그런 생각이었다. 〈헤더스〉의 주인공 J.D.는 정말 나와는 비교도 안 되게 더 이상했다. 만날 이상한 옷만 입고 다니고 이상한 말만 하고 이상한 술만 마셨다. 이상한 여자 친구랑 사귀고 이상한 짓만 하고 이상한 사람만 죽이고 자기도 이상하게 죽어 버렸다. 이상한 나라의 J.D.가 나는 아주 만족스러웠다. 나보다 더 이상한 애가 거기 있었기 때문이다. 바로 그거였다. 왜 이상하면 안 되냐고, 그래, 나 이상한데 어쩔 거냐고 되묻고 싶었다. 그리고 자라면서 나는 그렇게 사랑하고 싶었다. '장미꽃에 커피 한 잔' 따위는 너무 흔해서 재미없다. "갖고 싶은 걸 사주는 남자와 '나 재 싫어'라고 말했을 때 그 앨 죽여 버리는 남자가 뭐가 다르냐?"라고 태연히 반문했을 때 나는 역시 또 그 말을 들었다. "넌 이상해." 난 대답했다. "그래, 나 이상해. 근데 난 이대로 살 거야." 나는, 정말 그렇게 사랑하고 싶었다. 내 청춘이 구차하게 너덜거릴 때 나는 나를, 세상을, 날려 버리고 싶었다. 미쳐서 사랑하고 싶었다. 영화 속 J.D.처럼 "이봐, 마지막 가는 길에 담뱃불이나 붙여 주고 싶은걸"이라고 말하는 남자, 그리고 상큼하게(?) 사라질 줄 아는 남자를 사랑하고 싶었다. 세상에 영원한 것은, '영원한 것은 없다'는 그 사실 하나뿐이다. "사랑해, 너뿐이야" 하고 말하면 그게 정말 사랑인가. 손

잡고 놀러 다니고 같이 스티커 사진이나 찍으면 그게 사랑인가. 사랑이 아니라고 말하려는 것은 아니다. 그저 당신은 믿을 수 있는가, 그게 궁금할 따름이다. 세상엔, 사랑한다고 '생각'하고 있는 사람이 너무 많기 때문에. 나는, 사랑이라고 어떻게 확신하지?

확신도 없고 믿음도 없는 시대, 살아가기도 사랑하기에도 힘든 시대다. 그래서 어쩌면 나는 사랑할 용기가 나지 않는지도 모른다. 그 모순된 감정의 물결에 휘말리고 싶지 않은지도 모른다. 그래서 나는 아직도 은밀히 J.D.를 꿈꾸는 것인지도 모른다. 사랑이 무엇인지조차 확실하지 않은 시대, 무엇을 위해 싸워야 하는지조차 모르는 시대를 살아가는 내게 J.D.는 '좀 암울하면 안 돼? 왜 우울하면 안 되지? 왜 이상하면 안 돼?'라고 쉬지 않고 내게 속삭이고, 나는 끊임없이 그런 사랑을 꿈꾼다.

5년이 지난 지금도 나는 희미한 전구 불빛 아래 보이던 그들의 튀어나온 광대뼈와 그 낯빛을 기억한다. 그리고 그때의 아픔을 기억하면 J.D.의 까마귀 같은 롱코트가 그 누런 얼굴들 위로 겹쳐진다. 왜 이상하면 안 되지? 그리고 나는 퍼석거리는 내 청춘의 그림자, '이상한 아이'라는 이름 속에서 내내 헤매던, 외로운 유년기의 피난처였던 그 이름을 불러본다.

J.D. 나의 J.D.여…….

감독 마이클 레만 │ **출연** 위노나 라이더, 크리스천 슬레이터

공중전화 부스에서의 키스 같은

열혈남아 | As Tears Go By | 1988

김홍준 | 영화감독, 한국예술종합학교 영상원 원장. 〈장미빛 인생〉 〈정글스토리〉

영화를 좋아하는 사람이 한 편의 영화를 만날 때, 가장 행복한 만남의 순간은 어떤 모습으로 다가올까? 자신이 숭배하는 감독의 신작을 손꼽아 기다리다 드디어 마주하는 설렘으로? 완벽한 상영 조건을 갖춘 극장에서, 소문만 들었던 걸작의 실체를 확인하는 충만감으로? 아니면 메마른 마음의 틈새를 비집고 들어와 맑은 눈물 한 방울 떨어뜨리게 하는 목멤으로?

그러나 아무 준비 없이 미지의 영화와 마주쳐 그 영화와 사랑에 빠지는 순간 느끼는 행복감만 한 것은 없다고 나는 믿는 쪽이다. 왜냐하면 영화의 세계와 가까워질수록, 영화에 대한 지식과 교양이 늘어갈수록, 이러한 순간을 만날 가능성은 더 적어지기 때문이다. 더구나 영화에 대한 정보와 담론이 홍수를 이루고 있는 요즘에야, 애써 눈을 감고 귀를 막기 전에는 기대와 예측 없이 영화를 볼 수 있는 기회를 거의 박탈당한 꼴이니까.

〈열혈남아〉는 그렇게 불쑥 내 앞에 나타났다. 지금부터 거의 10년 전 햇살이 제법 따갑던 어느 날, 미아리 대지극장에서 촌스런 간판을 내걸고. 나는 그때 내 삶이 어두운 터널을 통과하는 듯한 기분에 사로잡혀 살아가고 있었다. 무기력, 답답함, 그리움, 초조감 속에서 남은 삶을 무엇으로 채우겠다는 뚜렷한 생각도 없이. 그래서 그날, 무거운 오후를 떨쳐 버릴 '킬링 타임'용 영화라도 한 편 봐야겠다는 심정으로 제목과 간판에 끌려 표를 끊고 어두운 극장으로 들어갔다. 유혈 낭자한 총격전과 화끈한 몸싸움, 거기에 덤으로 삼삼한 베드신이라도 나오기를 기대하는 '보통 관객'의 한 사람으로.

영화는 제법 산뜻하게 시작했다. 흠, 저 친구가 주연배우인가 보지. 제법 우수에 젖은 마스크를 가졌구먼(나중에 확인한 그의 이름은 유덕화였다). 뒷골목 깡패들의 이야기에 약간의 로맨스를 버무린, 뻔한 이야기네. 그런데 액션은 왜 아직 안 나오는 거야? 흠, 당구장 신은 제법 다이내믹하게 찍었고, 그런데! 포장마차(정확히 표현하자면 포장을 둘러친 노천 술집) 신에서부터 내 눈은 크게 떠지기 시작했다. 영화가 진행될수록 나는 속 들여다보이는 유치함을 비웃는 대신 주크박스에서 흘러나오는 배경음악에 눈물을 글썽이고 있었고, 야구방망이와 찌그러진 콜라 깡통이 난무하는 구타 장면에선 몸서리를 치고 있었다. 장내가 환해지고 듬성듬성 앉은 관객들이 의자를 삐걱거리며 일어설 때, 나는 싸구려 홍콩 영화 한 편에 넋이 나간 자신을 한심해하며 도망치듯 극장을 빠져나왔다.

그리고 며칠 동안 나는 혼란에 빠졌다. 도대체 이 영화가 왜 나를 이처럼 흔드는 거지? 수준 높게 영화를 보아왔다고 자부하던 나의 감수성이 이 영화의 통속성을 거부하지 못하는 이유는? 혹시 내가 영화를 보는, 세상을 보는, 나 자신을 보는 눈이 나도 모르는 사이에 근본적으로 달라져 버린 건 아닌지? 그러다가 나는 결론을 내렸다. 그래, 그게 나야. 유치하고 통속적이며 감상적인 나. 〈열혈남아〉 같은 영화에 빠질 수밖에 없는 나. 내 멋대로의 기준으로 영화를 가늠하는 나. 이렇게 걱정을 멈추고 〈열혈남아〉를 사랑하기로 작정하자 혼란은 사라지고 나는 자신에게 너그러워질 수 있었다.

그리고 세월이 흘렀다. 왕가위는 발견되었고, 유행되었고, 모든 유행이 그렇듯 제철이 끝나자 지나갔다. 〈열혈남아〉

74

는 걸작 반열에 오르지 못할 것이 틀림없다. 어쩌면 걸작을 만든 감독의 데뷔작으로는 기억되겠지만. 만약 내가 남들 앞에서 〈열혈남아〉에 대해 이야기한다면, 아마도 왕가위라는 감독 또는 홍콩 영화라는 맥락에서 '객관적인' 목소리를 내려 애쓸 것이다. 그러나 그것이 무슨 상관이랴. 내 마음속 풍경에서 〈열혈남아〉는 햇살 .따갑던 날 미아리 대지극장에서 만났던 '싸구려' 홍콩 영화로 영영 남아 있을 따름인데. 공중전화 부스 안에서의 입맞춤만큼 통속적인, 행복한 만남의 추억으로 말이다.

감독 왕가위 | **출연** 유덕화, 장만옥

쓰레기 먹고 힘내기

백 투 더 퓨처 | Back to the Future | 1985

남기웅 | 영화감독. 《대학로에서 매춘하다가 토막살해 당한 여고생 아직 대학로에 있다》 〈우렁각시〉

초등학교 시절 전교생이 모여 (압축된 화면 때문에) 원래보다 길쭉하게 보이는 국군 아저씨가 대포를 옆구리에 끼고 북괴군 탱크로 돌진하는 영화를 보았던 일, 아랫동네 농협 마당 천막 안에서 온 동네 분들이 300원씩 주고 모여 앉아 무협 영화를 보던 기억, 쿵푸를 하던 사촌형을 따라 영주 시내에 시외버스를 타고 가 무협 영화를 보았던 일, 안동으로 고등학교 유학을 가서 자취방 구할 때인가, 작은형하고 보았던 〈촉산〉, 고3 때 〈어우동〉을 보러 친구 놈이랑 극장엘 갔다가 옆자리에 수학 선생님이 계신 걸 보고 도망쳐 다른 계단에 겨우 앉았는데 웬걸 뒷계단에서 교무주임 선생님이 나를 보고 계셨던 일,

또다시 기겁을 하며 도망쳐서 여배우 이보희의 기막힌 누드와 함께 영화를 다 보긴 했지만 다음날 교실 스피커에서 "남기웅, 교무실로 내려와!"를 들었던 기억들.

그리고 하나의 기억이 더 있다. 20대가 되어 지금은 사라진 대한극장의 대형 스크린에서 〈백 투 더 퓨처〉를 본 기억이다. 서울에 상경한 지 얼마 안 된 촌닭이었고 영화감독의 미래를 꿈꾸고 있었는지 기억도 희미하지만(아! 마이클 J. 폭스도 촌닭이라고 놀림을 당했지?), 극장을 나올 때 그 설레던 가슴을 나는 기억한다. 영화의 영 자도 모르던 그때, 영화감독이라면 스필버그밖에 모르던 때, 이 영화도 스필버그의 이름과 그 재미난 포스터를 보고 보러 갔던 걸로 기억한다. 로버트 저메키스란 이름은 안중에도 없던 때였다.

〈백 투 더 퓨처〉를 본 건 내가 연기 선택으로 여러 연극영화과에 낙방하고 수험생의 학업과는 어긋나게 대학로를 기웃거리던 때였다. 그때 나는 영화에 대한 지식이 없었기에 연출 지망도 못하고, 그렇다고 내신이 좋다든지 공부를 잘해서 대학에 합격할 정도도 못 되었다. 그래서 여태껏 해온 연기로라도 대학의 문턱을 넘어 보려 했으나, 대학은 안동 촌놈이 시골 극단에서 연극 한두 편 했다고 선뜻 받아주는 호락호락한 곳이 아니었다. 이렇듯 아무리 앞뒤를 뒤져 봐도 영화감독이라는 희망이 거의 안 보이던, 보인다 해도 가뭄에 콩 나듯 하던 나였는데 〈백 투 더 퓨처〉를 보고 극장을 나와서는 '나도 저런 영화를 만들어야지!' 하는 말을 뇌까렸던 듯싶다.

엉성하게 겉도는 영화감독이 된 오늘, 그때부터 10년의 세월은 넘은 듯싶다. 92년 군 제대 뒤 곽재용 감독님의 연출부로 들어간 때부터 지금까지 나에게는 영화를 바라보는 몇 가지 변화가 있었다. 게으른 탓에 부지런한 과정을 거치지는 못했지만 그래도 그 과정을 넘어 지금 와서 기다려지는 작품이 〈백 투 더 퓨처〉 DVD다. DVD에는 비디오에서 볼 수 없는 감독 인터뷰라든지 당시의 제작 다큐멘터리라든지 재미난 것들이 있어서이기도 하겠지만 그런 것만을 기다리는 건 아니다.

〈백 투 더 퓨처〉는 스승의 영화도 아니고 나를 감독의 길로 인도한 영화도 아니지만 무지한 나에게 첫 설렘을 가져다주었고 첫 모델이 된 영화이다. 그 뒤 영화인이 되고서 영화 지식을 갖고 영화들을 대했지만, 돌이켜 보면 그것이 걸작이든 졸작이든 사회적인 품평과는 상관없이 뭔가 이물질이 낀 듯 개운치 않은 감상의 기억들이 있다. 진정 가락동 시장에서 냉동 어물을 파는 작은형님의 눈이 부럽다. 〈백 투 더 퓨처〉에 나오는 자동차를 타고 순진한 설렘을 맛보았던 대한극장 앞으로 되돌아가지 못한다면, 어떻게 시비를 넘어 내 스스로 추한 마음이 생기지 않는 눈을 얻을 수 있을까. 과연 영화감독이란 게 그래도 영화를 할 수 있을까? 아님 영원히 추한 입을 놀리다가 나 또한 추한 입들에 오르내리면서 막을 내릴까? 그게 영화감독의 운명이라면 일찌감치 무덤 자리나 보러 다니자.

〈백 투 더 퓨처〉에 나오는 자동차 연료는 온갖 쓰레기더라. 자동차는 그것들을 먹고 힘을 얻어 나간다. 쓰레기가 쓰레기에서 끝나지 않고 그처럼 시간을 주무르는 불꽃을 피울진대, 나 또한 뭘 먹든 그걸 좋은 힘으로 되바꿔 내가 대한극장 앞에서 가졌던 그 설렘의 순수함을 되찾고 언제일진 모르나 다른 이들에게도 그 첫 설렘을 안겨줄 수 있는 행복한 인간이었으면 좋겠다.

감독 로버트 저메키스 **│ 출연** 마이클 J. 폭스, 크리스토퍼 로이드

당신이 행복할 것 같아서

바그다드 카페 | Bagdad Cafe | 1988

노희경 | 방송작가. 〈거짓말〉 〈바보같은 사랑〉 〈꽃보다 아름다워〉

1993년 겨울, 나는 본가를 나와 불광동 허름한 다세대주택가의 반지하방에 살고 있었다. 말이 좋아 원룸이지 주방과 거실, 화장실이 열 평 남짓한 공간에 기하학적으로 배치되어 있는 그 집에, 돈 주고 산 거라곤 대학 선배가 선심쓰듯 10만 원에 넘겨준 부피 큰 워드프로세서가 전부였다. 집안 구석구석에 자리한 다섯 칸짜리 서랍장과 자개 장식장, 스테인리스 옷걸이 등은 모두 길가에 버려진 이삿짐 속에서 동생과 내가 건진 것들이었다.

　　방 안에 놓인 살림살이보다 더 궁상스러운 건 내 처지였다. 출판사를 그만두고 홧김에 떠난 여행에서 퇴직금은 바닥이 났고, 다시 집으로 돌아와 방송작가원의 작가 수업을 받기 위해선 단돈 60만 원도 은행 대출을 받아야 했다. 결단이 필요했다. 다시 직장을 구해 나가든지, 하루라도 빨리 데뷔를 해서 원고료를 타든지. 사는 게 하루하루 절체절명의 순간 같았던 그 시절, 나는 영화 〈바그다드 카페〉를 만났다.

그때, 내 일주일 용돈은 2만 원이었다. 그 2만 원을 알차게 쓰기 위해 하루에도 몇 번씩 조악한 가계부를 써야 했다. 외출지는 작가연수원이 있는 여의도로 한정짓고, 버스 값과 커피 값만을 쓰기 위해 저녁이면 부리나케 집으로 향했다. 남아도는 게 시간뿐인지라 책 보는 게 일인데, 책장 넘어가는 소리가 돈 쏟아 붓는 소리 같았다. 그래서 궁여지책으로 생각해낸 것이 책 대여점에서 한물간 책들을 헐값에 사 보는 것이었다. 헌 책이라도 근간의 것들이 많아 책값의 절반은 물어야 했다. 일주일 동안 단 한 번 외출을 하면서 헌 책 두세 권을 사고 손에 남겨진 돈은 고작해야 2천 원에서 4천 원. 영화관 관람은 엄두도 내지 못하고, 비디오만이 여가 생활을 즐길 수 있는 유일한 수단이었다. 비디오테이프를 고를 땐 신중에 신중을 기했다. 자칫 비디오테이프 선택을 잘못하면 일주일의 여가 생활이 엉망이 되기 때문이다. 그래서 생긴 버릇이 남들의 입을 통하든, 책자를 통하든 몇 번씩 좋다고 검증된 비디오테이프만을 선별해 보는 것이었다. 〈바그다드 카페〉 역시, 그렇게 선별된 비디오테이프였다.

영화의 처음은 기대와 달리 실망스러웠다. 주인공 백인 여잔 보기에도 부담스러울 만큼 크고 둔했으며, 다른 주인공으로 보이는 흑인 여잔 눈이 무섭게 번들거리는 데다 신경질적이었다. 영화는 야스민이 커피 없는 바그다드 카페로 오고, 오고 나서도 한참을 스토리 없이 흘러갔다. 야스민은 몇 번이고 '문츠크테트너 부인'이라는 어려운 제 이름을 카페 주인 브렌다에게 알리려 했고, 브렌다는 손님인 그녀에게 이유없이 불친절했다. 브렌다의 남편은 사소한 말다툼을 빌미삼아 집을 나갔고, 브렌다의 아들과 딸은 속 터지게 제 어미 말을 듣지 않았다. 카우보이 차림의 쿡스는 일없이 실실 웃어 괜히 보는 이의 비위를 긁었고, 문신을 새기는 여자는 누구에게도 이름이 안 불려진 채 말없이 서성이기만 했다. 게다가 커피도 못 끓이는 바텐더는 왜 거기 있는 건지…….

그런데 그 와중에 눈길을 끄는 장면이 있었다. 야스민이 1호 방으로 와서 하던 그 행동. 그녀는 단순히 하루 기거할 여인숙에서 제 집처럼 빨래를 하고 청소를 하고 장식을 했다. 먼지가 폴폴 나는 마룻바닥을 무릎까지 꿇고 정성스레 걸레질하던 그녀가 난 왜 그렇게 뭉클했을까. 이후, 장기 투숙자로 바뀐 야스민의 별난 행동은 계속된다. 카페의 간판을 닦고, 사무실을 정리하고, 주방을 치우고, 아무도 안아주지 않아 울기만 하던 브렌다의 손자를 어르고, 쿵쾅거리며 화음이 안 맞는 건반을 쉼 없이 두드리던 브렌다의 아들의 음악을 감상해 주는…….

브렌다는 그런 야스민의 행동이 부담스러웠다. 누구에게도 호의를 받아 보지 못한 브렌다의 눈에 야스민의 친절은 일상을 뒤흔드는 위협이었다. 어느 날, 브렌다는 야스민에게 거두절미하고 떠나라 소리친다. 그때, 브렌다의 그 고함 뒤에 야스민이 한 대답을 나는 지금도 기억한다.

브렌다 당신이 뭔데, 내 아이들과 어울리고, 내 집을 청소해!
야스민 (머뭇대며) 니는 그냥 당신이 좋아할 거 같아서…….

야스민은 누군가를 기분좋게 하고 싶었던 것이다. 아무런 죄의식 없이 코카인을 흡입하고 운전 도중에도 술병을 불어 대던, '삶을 장난 같이' 사는 자신의 남편에겐 매몰찬 눈빛과 뺨 세례를 날렸으면서도, 도망간 남편을 둔, 반사막의 모래 바람 속에서 거친 트럭 운전자들을 상대하며 생계를 꾸려가는 '삶을 전쟁 같이' 사는 브렌다에겐 그녀는 한없이 너그럽고 싶었던 것이다. 내가 즐겁고 싶어서가 아니라 남이 즐거운 모습을 보기 위해 마술을 익히고, 쇼를 하고, 모델이 된 야스민. 남을 웃기려다 끝내 자신마저 즐거워져 버린 야스민. 나는 그녀가 너무 예뻐서 그 밤 울어 버렸다.

방영 시간을 맞추기 위해 긴 밤을 하얗게 지새우길 수십 수백 날. 내 작품 때문에 지금까진 아무도 행복하지 않지만, 나는 야스민 같은 노력을 멈추진 않겠다. 야스민이 떠나고 그 잘 날던 부메랑도 추락하고, 사람들 모두 다시 사는 게 시들해졌다. 과한 바람일까. 내 드라마가 없는 날, 바그다드 카페의 사람들이 야스민을 기다리듯 대중들이 나를 기다리게 할 수만 있다면, 더는 바랄 것이 없겠다.

감독 퍼시 애들론 | **출연** 마리안 제게브레히트, CCH 파운더

나를 흥분시켰던 그분

프로젝트 A | Project A | 1983
폴리스 스토리 | Police Story | 1985

류승완 | 영화감독. 〈죽거나 혹은 나쁘거나〉 〈피도 눈물도 없이〉 〈주먹이 운다〉

내 인생의 영화라니? 아니, 내 인생도 정리가 잘 안 되는데 거기다 영화라니! 내 인생의 영화라고 하면 그 어떤 영화도 자신의 손때가 묻은 영화보다 소중할 순 없겠지만, 그렇다고 여기다 〈죽거나 혹은 나쁘거나〉나 〈변질헤드〉를 쓰는 닭살 돋는 사고를 일으킬 수는 없지 않은가! '이 정도면 감독 소릴 들어도 되겠지' 싶은 걸작 영화를 쓸 것인가, 아니면 '도대체 이런 영화를 내 인생의 영화라고 쓰는 놈이 정말 감독이란 말이야' 소리를 듣는 길을 선택할 것인가? 자세를 잡으려니 글발(?)이 안 서고, 속내를 드러내자니 쪽(!)팔리고. 진퇴양난이나 임전무퇴해야 할 절체절명의 위기! 이때 마치 사이코처럼 자아가 분열을 일으키며 자신에게 하는 말. "얌마, 하던 대로 해. 괜히 '뽀다구' 세우려다 나중에 자세 더 엉성해지니까 네가 지금도 자주 보고 질리지 않는 영화를 골라!"

그렇다면! 교인들이 주일이면 교회에 나가 성경 말씀을 상기하며 자신의 지난날과 앞으로의 한 주를 준비하듯 내가 정기적으로 섭취하는 영화는? 1번 〈비열한 거리〉와 〈분노의 주먹〉, 2번 〈프로젝트 A〉와 〈폴리스 스토리〉, 3번 〈영웅본색〉과 〈첩혈쌍웅〉, 4번 기타. 정답은? 삐! 1번은 자주 반복 학습을 하는 영화지만 언제나 보고 나면 난 언제 저런 영화를 만들 수 있을까 하며 좌절하기 때문에 거의 자학하고 싶을 때만 보고, 3번은 재밌긴 하지만 정기적으로 미친 듯이 보는 편은 아니고, 4번 기타는 너무 많고, 그럼 답은 2번이네? 언제 봐도 질리지 않는 놀라운 스턴트의 연속! 폭소 연발! 나도 무술을 배우면 악당들을 물리칠 수 있을 것 같다는 희망을 주는 놀라운 작품! 그렇다. 바로 〈프로젝트 A〉와 〈폴리스 스토리〉다!

나의 아름다웠던 시절, 나를 흥분시켰던 그분 성룡. 어쩌면 '내 인생'과 '영화' 사이에는 '의'보다는 '성룡'이 끼어들어야 맞는 조합이라고 나는 생각한다. 〈취권〉, 〈사형도수〉, 〈용등호약〉, 〈소권괴초〉, 〈소림 목인방〉, 〈사학팔보〉, 〈용소야〉, 〈사제출마〉 등등. 이놈의 영화들 덕분에 도복을 입고 입으로 '획획' 소릴 내며 강호의 고수를 꿈꾸고, 〈프로젝트 A〉, 〈복성〉 시리즈와 〈폴리스 스토리〉, 〈용형호제〉 시리즈에 열광하며 〈쾌찬차〉를 타고 〈홍번구〉에 도착해 〈나이스 가이〉가 되어 〈미라클〉을 이루는 꿈을 꾸었다. 사태가 이러니 남들처럼 시험 공부하고 남들 다 다니는 대학에 들어가 취직해서 어쩌고저쩌고하면서 사는 거랑 빠이빠이할 수밖에. 덕분에 남들이 다 말리는 영화한다고 '깝죽대다가' 결국 내 인생의 영화를 쓰는 사태에까지 이르렀다. 어쨌든 지금까지 남들 하는 것도 못하면서 이상하게 살아왔는데 여기서나마 남들 하는 대로 하지 않으면 정말 이상한 놈 취급을 받을 테니 이제부턴 남들 하는 대로 본격적인 영화 이야길 해보겠다.

얼마 전 이전 자료를 뒤지다가 '세계영화걸작 100선'을 찾아 훑어봤다. 그런데 눈 씻고 봐도 〈폴리스 스토리〉나 〈프로젝트 A〉는 없었다. 〈협녀〉와 〈영웅본색〉은 있으니 홍콩 영화를 무시하는 것도 아니었고, 버스터 키튼의 영화와 채플린 영화도 들어 있으니 슬랩스틱을 저속하게 보는 관점도 아니었고, 〈매드 맥스〉도 끼어 있으니 액션 영화라고 싸구려 취급을 하는 시선도 아니었다. 그런데 왜? 어째서? Why? 둘 중 하나도 이 리스트에서 보이지 않는단 말인가! 내가 수준이 낮은 건가? 물론 그럴 수도 있겠지만 아무리 생각해도 난 〈프로젝트 A〉와 〈폴리스 스토리〉가 걸작이라고 생각한다. 왜냐고? 재밌으니까!

초등학교 5학년 땐가 6학년 때 본 〈프로젝트 A〉는 한마디로 충격 그 자체였다. 세계 영화사를 통틀어 몇 번 등장하지 않는 자전거 질주, N.G. 모음에서 알 수 있는 막가파식 스턴트, 웃기는 홍금보와 날쌘 원표, 그리고 이 둘을 모두 상대하는 성룡의 환상의 트리플 플레이. 그리고 중학교 2학년 때 뒤늦게 도착한 〈폴리스 스토리〉(사실 이 영화는 훨씬 전에 만들어졌지만, 국내에서는 폭력 묘사가 너무나 사실적이란 이유로 뒤늦게 수입되었다. 덕분에 친구들 사이에서는 〈홍콩 국제경찰〉이란 불법 복제 비디오로 더 유명했는데, 비디오가 없던 나는 성룡의 그 영화가 궁금해 몸살이 날 지경이었다. 바로 그 영화가 〈폴리스 스토리〉였던 것이다). 홍금보가 없어도 무지 웃기고, 원표가 없어도 통쾌한 액션이 펼쳐지는 박진감의 연속! 이후 할리우드에서도 〈탱고와 캐쉬〉나 〈리쎌 웨폰〉 시리즈에서 변주되는 성룡식 액션들!

지금도 이 두 편만큼 뚜렷한 상업성을 지니고 자신의 역할을 충실히 해낸 영화를 찾기는 힘들 듯하다. 물론 지금의 성룡은 나이가 들어 순수한 육체 동작과 장인들이 직접 만든 세트와 소품을 활용하는 활력을 영화 속에 불어넣지 못하고 있지만, 난 늘 그랬듯이 성룡의 다음 영화를 애타게 기다린다. 그리고 내가 성룡의 영화를 아무리 봐도 질리지 않고 다음 영화를 기다리듯 나도 누군가에게 그런 영화를 선사할 수 있는 사람이 되고 싶다.

감독 성룡 ｜ **출연** 성룡, 홍금보, 원표
감독 성룡 ｜ **출연** 성룡, 장만옥, 임청하

나를 움직인 '움직이는 그림'

요술소년 | Magic Boy | 1959
피노키오 | Pinocchio | 1940

박재동 | 시사만화가. 한국예술종합학교 영상원 애니메이션과 교수. 〈오돌또기〉 총감독

아버지가 만화 가게를 하셨던 탓으로 만화책 속에 파묻혀 싫도록 만화를 보았던 내가 '그림이 움직이는' 만화영화를 맨 처음 본 것은 딱 언제였는지 모르겠다. 초등학교 5, 6학년 때였던 것 같다. 내게 만화영화의 매력을 깊이 각인시켜 준 작품은 〈요술소년〉과 〈피노키오〉이다. 또 하나를 들자면 〈이쁜이와 홍길동〉.

〈요술소년〉은 영어로 더빙되었던 일본 만화영화다. '사스케'라고도 불렀다. 사스케라는 소년이 산꼭대기에 사는 도인에게 물지게를 져주며 요술을 배워 나중에 마녀와 싸워 이긴다는 내용이었다. 가장 기억나는 장면. 사스케와 그의 친구

인 동물들이 숲 속 언덕길을 행진해 가는데, 맨 나중에 가던 꼬마 동물 하나가 단풍나무 가지를 살짝 잡아당겼다가 탁 놓으니까 빨간 단풍잎이 사르르 떨어지는 것이 그렇게 예쁠 수가 없었다.

또 마지막 장면이 인상적이었는데, 사스케와 마녀의 최후 결전. 입에서 불을 내뿜는 마녀에게 고전하던 사스케, 불길 속에서 마지막 힘을 다해 칼을 던지자 마녀의 이마에 명중, 마녀는 해골로 변해 버린다. 그러고는 무너져 내리는 해골……. 그런데 해골이 머리부터 떨어지는 게 아니었다. 화면은 해골의 가슴 아래만 보이면서 먼저 종아리뼈가 무너져 땅으로 툭 떨어지고, 다음 허벅지뼈가 툭! 그 다음은 골반뼈가 툭! 그 다음엔 팔뼈와 갈비뼈가 툭! 그리고 한 타임을 준 다음, 이윽고 머리뼈가 툭 떨어지는 것이었다. 논리에 맞지 않아 혼란스럽기도 하고 우습기도 했는데, 결국은 고개를 끄덕이며 '아, 저런 연출법이 있구나!' 하고 생각했다.

뒤에 들은 이야기지만 신동헌 선생이 〈이쁜이와 홍길동〉을 만들 때 처음엔 '최소한 〈요술소년〉보다는 잘 만들어야 되지 않겠어?' 하다가 조금 지나자 '〈요술소년〉만큼 잘 만들 수 있을까?' 하다가 나중엔 '야, 〈요술소년〉 그거 되게 잘 만들었던데' 했다 한다. 내 기억에도 상당히 탄탄하게 잘 만든 영화였다. 지금 우리 아들 녀석이 늘 에반게리온을 그리듯 나는 사스케를 많이 그렸다.

그 다음은 〈피노키오〉. 먼저 〈피노키오〉를 보고 온 친구가 피노키오와 할아버지가 고래 뱃속에서 탈출해 뗏목을 저어 도망친다는 얘길 감탄을 섞어 신나게 했는데, 난 속으로 혹시 아주 단순화된 만화체 그림으로 노를 물레방아처럼 뱅글뱅글 돌리는, 그러니까 초당 그림 매수를 매우 적게 쓴 유치한 애니메이션이 아닐까 의심했다. 드디어 단체로 〈피노키오〉를 관람. 나의 걱정과 의심은 고래 뱃속에서 튀어나온 뗏목을 마구 휘저어 놓는 싱싱한 파도에 의해 완전히 씻겨 버리고 말았다. 나는 나의 상상력을 앞질러 버린 자연스러움, 연출과 음악의 화려함에 입을 벌리지 않을 수 없었다.

〈이온 플럭스〉를 만든 유명한 한국계 미국인 피터 정이 이런 말을 한 적이 있다. 자기는 〈타이거 마스크〉를 보면서 애니메이션을 만들고 싶다는 생각이 들었다고. 디즈니 것은 너무 완벽해서 도저히 엄두가 나지 않았는데, 거기에 비해 좀 엉성한 〈타이거 마스크〉를 보고는 '나도 할 수 있겠구나!' 하는 자신감이 생겼다는 것이다. 나도 디즈니에 압도당했고 상당히 충격을 받았다.

아무튼 오랫동안 〈피노키오〉의 기억이 지워지지 않았다.

디즈니 만화영화는 '이 정도는 돼야 100점이다'라고 말하는 것 같았다. 그 뒤 3, 4년이 더 흘렀을까? 중학생이 되자 드디어 〈요술소년〉만큼 할 수 있을까 하던 신동헌 선생의 〈이쁜이와 홍길동〉이 나왔다. 난 국산 만화라 상당히 걱정하며 영화관엘 들어갔다. 그런데 이 영화도 내 걱정을 첫 장면부터 씻어냈다. "어어? 제법! 아니?"

지금도 기억나는 것은 담배를 피우는데 화를 내니 연기가 귓구멍으로 나오는 장면과 지붕에서 화살을 쏘는 장면인데, 그림 매수를 줄이려고 계속 반복해서 쓴 것이다. 우습기도 하고 안쓰럽기도 하고…… 역시 후일담인데, 신동헌 선생이 처음 애니메이션을 만들었을 때 그야말로 아무 기술도 기자재도 없이 순전히 '우리도 하면 할 수 있다'는 열정만 가지고 시작했는데, '셀'이라고 부르는 투명한 셀룰로이드 판이 없어서 공군에서 쓰는 필름을 씻어 내고 거기다 그림을 그렸다고 한다. 또 물감도 애니메이션용 아크릴 물감이 없어 포스터컬러에 본드 같은 것을 섞어 칠했는데, 색깔이 마르면 쩍쩍 갈라지곤 해서 마르기 전에 황급히 촬영을 했다 한다(그래서 셀 그림이 남아 있지 않다). 신동헌 선생은 〈이쁜이와 홍길동〉이 히트하자 다시 〈호피와 차돌바위〉를 만들었는데, 이 두 편을 만들면서 제작사로부터 너무 상처를 입어 정나미가 떨어져 다시는 에니메이션을 만들지 않았다. 제작사가 자기 이익만 챙겼기 때문에 한국 만화영화는 오랫동안 발전을 멈춰야 했던 것이다(나도 오랫동안 애니메이션과 떨어져 있다가 6, 7년 전 미야자키 하야오 감독의 〈이웃집 토토로〉를 보고 다시 애니메이션의 가능성을 찾았다).

지금은 〈요술소년〉도 〈이쁜이와 홍길동〉도 볼 수 없다. 다만 〈피노키오〉만 비디오 가게에서 볼 수 있을 뿐이다. 그렇게 감탄을 하던 60년대의 아이가 지금 애니메이션을 만들려고 한 움직임 한 움직임의 신기함에 눈뜨고 있다. 마치 신동헌 선생의 그 억지 무데뽀 시작처럼.

감독 아부시타 다이지 | **애니메이션**
감독 벤 샤프스틴, 해밀턴 루스크 | **애니메이션**

슬픈 내 안의 헐크

분노의 주먹 | Raging Bull | 1980

박찬욱 | 영화감독. 〈있다〉 〈느린 여름〉 〈질투는 나의 힘〉

한번은 이런 얘기를 들었다. "네가 나중에 어떻게 되는지 지켜보겠다. 너한테 남아 있을 사람은 아무도 없을 것이고, 결국 너는 혼자가 될 것이다"라는. 나의 집착과 편협함에 질려버린 한 친구가 싸우다 말고 던진 말이다. 보통 남들이 감정적으로 나에게 한 말은 별로 마음에 담아 두지 않는 편이지만, 이 말은 아직도 가슴 서늘하게 기억한다.

〈분노의 주먹〉. 이 영화의 주인공 제이크는 숨기고 싶은 나의 어떤 부분을 많이 닮아 있다. 권투 선수인 제이크는 독선적인 성격 때문에 주변에 적이 많다. 매니저인 동생 조이의 도움으로 힘들게 챔피언 자리에 오르지만 아내 비키에 대한 어리석은 집착으로 유일하게 자기편인 동생과 결별하게 된다. 제이크에게 조이는 분신과도 같은 존재이다. 투견에 비유되기도 하는 두 형제가 건달처럼 어울려 다니는 모습이나 아내와 아이들을 대하는 모습 등은 그들이 같은 환경에서 성장했음을 유감없이 보여준다.

제이크는 10대 소녀 비키와 사랑에 빠져 아내를 버린다. 그의 비키에 대한 집착은 가히 신경증적이다. 결국 제이크는 조이에게 새 형수인 비키를 건드리지 않았냐고 몰아세우기에 이른다. 어이가 없는 조이는 형에 대한 분노와 연민으로 형의 집을 나선다. 이어서 카메라는 제이크의 시점으로 조이가 떠난 문과 빈 소파 등을 훑는다. 순간 제이크는 자기가 동생에게 못할 말을 했다고 생각했을 것이다. 아마 그랬을 것이다. 그럼에도 불구하고 제이크는 비키가 있는 2층으로 터벅터벅 올라간다. 끝까지 가 보는 것이다. 제이크는 비키를 몰아세워 우격다짐으로 억지 자백을 받아낸다. 그리고 조이의 집으로 달려가 조카와 제수 앞에서 동생과 뒤따라온 아내를 폭행한다. 제이크라는 인간은 파국으로 치닫는 자신의 집착과 의심과 분노를 이성적으로 다스릴 재간이 없다. 노이즈 화면이 뜨는 텔레비전을 망연히 바라보고 앉아 자기가 벌인 일을 되돌아보지만 이미 일은 저질러지고 말았다.

비키는 제이크와 결혼하고 나서 그의 비위를 건드리지 않기 위해 그가 원하는 대답을 하는 데 길들여진다. 나는 그녀의 모습에서 우리 어머니들의 모습을 발견한다. 이 영화에 나오는 가족의 군상은 너무나도 한국적이다. 집안은 늘 아귀다툼 장이 되기 일쑤이고, 여성은 존중받지 못하고, 아이들은 위축돼 있다. 이 영화를 만든 마틴 스코시즈 감독은 이탈리아 혈통이라고 한다. 이탈리아의 가족 문화는 우리 사회와 많이 닮아 있는 듯하다. 그들도 자녀 교육에 열성이고, 부모가 자녀에게 희생적인 만큼 자녀의 인생을 강박하는 모양이다. 또한 가족간의 합리적이지 못한 연대감 속에서 정서적으로 안심하면서도 부자유스러워한다. 이처럼 끊어 버리기 어려운 가족주의는 우리에게 때로는 위안이 되기도 하고 고통이 되기도 하는 것 같다.

제이크와 격렬한 싸움을 벌이고 난 비키는 떠나기 위해 짐을 싼다. 단호하게 결심했지만, 당신과 아이들 없이는 살 수 없으니 가지 말라고 애원하는 제이크에게 이내 마음이 무너진다. 비키는 왜 자신을 불행하게 만드는 제이크를 못 벗어나며, 제이크는 왜 자신을 망치면서까지 그녀에게 집착하는가. 방금 전에 자신이 개 패듯 때렸던 여자에게 어머니에게 안기듯 매달리는 남자와, 졸도하게 얻어맞고도 다시 그를 어린애 안듯이 보듬을 수 있는 여자 사이의 애정이란 서로에게 치명적일 수밖에 없다.

쉽게 돌아서지 못하는 두 사람의 질척한 관계는 지루한 일상이 돼 버리고, 결국에는 그 치열했던 감정조차 어느덧 화석처럼 변하고 만다. 배불뚝이 재담가로 변해 버린 제이크에게 비키가 이혼을 선언하는 데는 이전과 같은 주저함이 남아 있지 않다. 제이크는 더 이상 성난 황소도 아니고 챔피언도 아니다. 미성년자를 종업원으로 채용하고, 보석금 만 달러를 빌릴 데가 없어 감옥에 가야 하는 소외된 인간일 뿐이다. 그에게는 이제 아무도 남아 있지 않다. 감옥에서 벽에 머리를 부딪히며 잠시—아마 잠시일 것이다—회한에 젖지만 돌이킬 수 있는 길은 없다.

스코시즈 감독의 영화 〈비열한 거리〉는 순결한 죄의식을 청년답게 그려낸 아름다운 영화다. 그 영화에는 찰리가 성당에서 촛불에 손가락을 대고 고통을 견디는 장면이 나온다. 〈분노의 주먹〉에서도 제이크가 링에서 상대방에게 피 터지게 얻어맞는 이유를 "자신이 잘못한 것에 대한 징벌"로 여기기를 스코시즈는 바랐다고 한다. 나는 그의 영화에 은근하게 숨어 있는 종교적인 의미에서 어떤 신비로운 힘을 느낀다. 또 자주 자막에 올라오는 알 듯 모를 듯한 성경의 경구들은,

우리를 새로운 명상의 세계로 이끈다.

〈분노의 주먹〉은 영욕의 인생을 그리고 있다기보다는 한 인물의 자기모순이 자초한 비극성을 다루고 있다. 제이크는 많은 영화의 주인공들처럼 고독하다. 그러나 그의 고독은 전혀 미화되어 있지 않다. 그는 〈택시 드라이버〉의 트래비스보다도 더 가혹하게 고독하다. 또한 제이크한테는, 여타의 반영웅이나 부조리한 주인공들에게서 보이는 지식인 작가의 냉소와 자조 혹은 거세된 정서가 배어 있지 않다. 살 냄새가 난다. 그리고 연민이 보인다.

신부가 되고자 했던 스코시즈 감독은, 친구와 통화를 하며 싸우다가 전화기를 부숴 버리고도, 다시 공중전화를 찾아 전화를 걸어 계속 싸울 만큼 격렬한 사람이다. 사람들 중에는 자기 내부에 헐크 한 마리씩을 키우고 사는 사람들이 있다. 그들은 항상 제이크처럼 "난, 나쁜 놈이 아냐. 나는, 나쁜 놈이 아냐"를 외치지만 마음처럼 자신을 변화시킬 수 없다. TV에서도 보면 〈헐크〉의 주인공은 늘 자기 문제를 극복하지 못하고 쓸쓸하게 떠나는 것으로 끝나지 않는가. 나는 그런 사람들의 깊은 자기 연민과 외로움을 잘 알고 있다.

감독 마틴 스코시즈 | **출연** 로버트 드 니로, 캐시 모라이어티, 조 페시

청춘이여, 안녕

복수의 립스틱 | Angel of Vengeance | 1981

박찬욱 | 영화감독, 〈삼인조〉 〈올드보이〉 〈친절한 금자씨〉

아마도 성정이 건방져서 그러리라고 생각하지만 어려서부터 책을 읽어도 그렇고 음악을 들어도 그런 것이, 남들 다 좋다는 이른바 세계 명작은 쉿혀 놓고 꼭 뭐 저런 괴물이 다 있나 싶게 이상하고 덜 알려진 물건들만 탐해온 터이다. 물론 사정은 영화에서도 마찬가지. 괴물은 자연 귀물이어서 썩 마음에 드는 영화를 구해 보기란 쉬운 노릇이 아니었다. 그러다 92년인가에 웬 폴 매카트니 얼굴 닮은 친구를 오다가다 만나 사귀게 되었는데, 이후 내 취미를 가일층 북돋워 줄 그 고수의 이름은 이훈이라 하였다. 그자와 더불어 영화와 음악을 즐겼던 몇 년간은 마흔 해 다 되어가는 내 인생에서 문화적으로 가장 풍요로웠던 시기로 기억되고도 남음이 있다. 지금 감독 데뷔를 준비하는 윤, 영화음악 프로듀서 조, FM DJ 송, 영화 포스터 가게 사장 이, 재즈평론가 이, FM 구성작가 이, 영화 담당 기자 오 등이, 저녁 때 만났다 하면 꼭 남들 출근하느라 길 막히는 시간이 지나서야 자리를 파하곤 하는 술친구들이었다. 물론 당시는 대개 무직이었으니 시간은 남아돌았다. 나도 데뷔작을 발표한 직후였지만 언제 또 영화를 만들게 될지 아득했던 나머지 누구라도 소개받으면 "한때 영화감독으로 불렸던 아무개올시다" 하고 인사하던 시절이었다. 이훈 역시 유학했던 오하이오에서 기약 없이 돌아와 밥 대신 영화 보고 잠 줄여 술 마시면서 에멜무지로 살던 처지였는데, 그 다망한 와중에도 영화를 심각하게만 보는 나를 훈장이라 비웃으며 때로는 자상하게 지도하고 때로는 따끔하게 편달하기를 어언 몇 날이었던가. 그를 만나고 나서야 비로소 나는 그 무서운 〈블루 벨벳〉도 낄낄거리며 볼 줄 알게 되었고, 교과서에 나오는 근엄한 예술가가 아닌 천진난만한 개구쟁이 늙은이로서의 브뉘엘과도 친해지게 되었다.

아벨 페라라와 정식으로 인사한 것도 그때 일이었다. 전에 이미 스카라극장에서 〈차이나 걸〉을 본 바는 있었지만 대표작이라 할 만한 〈복수의 립스틱〉은 이훈이 어렵사리 구한

레이저디스크 덕분에 처음 만날 수 있었는데, 거기서 벙어리이자 귀머거리인 처녀는 등장하자마자 대낮에 두 번 강간당하고 있었다. 누가 재단사 아니랄까봐 그녀는 두 번째 사내를 다리미로 때려죽이더니, 잘 토막내 냉장고에 쟁여 두었다가 잠 안 오는 밤이면 한 덩이씩 들고 나가 뉴욕 곳곳에 불법으로 투기했다. 그때마다 강간범이 남기고 간 45구경 콜트로, 보이는 족족 사내들을 쏘아 죽임은 물론이다. 결국은 가장무도회에 수녀 옷을 입고 가서 최후의 학살 파티를 벌이다가 어이없이 여자 친구의 칼에 찔려 죽는다. 도무지 잔재주나 똥폼이라곤 없이 순수하고 간결하게 할 말만 딱 하고 마는 이 젊은 페라라는 늙은 페킨파를 연상시키고도 남음이 있었다. 이훈 잘 쓰던 말대로 "그냥, 뚝!" 해치우는 거 말이다. 친구들이 일러 뜨기즘이라 했고 다른 말로는 다짜고짜주의, 훗날 그 자신이 〈달콤한 포로〉나 〈마스카라〉 같은 영화를 만들 때 발휘하곤 했던 바로 그 사상이었다.

1년쯤 있다가 다시 모여 앉아 〈배드 캅〉을 보았다. 에둘러 말하는 법 없고 조잡한 수사학 따위는 아예 배제하는 스트레이트한 태도가 여전했다. 성당에서 윤간당하고 입원한 수녀의 성기를 클로즈업으로 "뚝" 보여주는 그 장면, 타락한 가톨릭 형사 하비 케이텔의 고뇌를 묘사하면서 주저 없이 십자가의 예수를 걸어 내려오게 하는 대담함에 우리는 매료됐다. 언제나 단순하고 강렬한 영화를 좋아하는 이훈은 앞의 것을, 도덕적 딜레마를 중시하는 나는 뒤의 것을 더 쳤지만 그런 차이쯤은 아무래도 좋았다. 돌이켜 보건대 서울의 우리는 뉴욕의 페라라를 존경한 게 아니었다. 차라리 그것은 동지적 유대감에 가까운 것이었다. 우리는 페라라와 하틀리, 자무시, 카우리스마키를 보면서 장르의 올가미에 사로잡힌 할리우드 오락 영화도, 자의식의 함정에 빠진 유럽 예술 영화도 아닌 제3의 길이 거기 있다고 감히 믿었다. 이제와 생각하니 순진했나?

이훈을 만난 시간이 길지는 않았다. 데이비드 보위의 노래 제목처럼 딱 '5년'. 그가 죽어 버렸기 때문이다. 그것으로 우리의 열광적인 청년 시절도 막을 내렸다는 걸 우리는 알았다. 그가 남긴 낙서 중에 이런 문장이 있다. "물어보지도 않는데 서른 살에 죽을 거라고 자꾸 입방정을 떨더니만 정말 서른 살에 골로 간 마크 볼란……." 무인도에 한 장만 가져가라면 고르겠다던 보위의 〈지기 스타더스트 더 모션 픽쳐Ziggy Stardust The Motion Picture〉 앨범에 수록된 '로큰롤 자살Rock 'N' Roll Suicide'엔 또 이런 말이 나온다. "당신은 카페를 그냥 지나쳤지. 너무 오래 살았다고 생각했으므로 먹지도 않았네." 그런데 왜 그대는 96년 그날 밤 신촌에서, 불이 나기로 돼 있던 '롤링스톤즈' 카페에 들어갔던 건가. 이만하면 박찬욱을 충분히 가르쳤다고 생각했는가, 그대는? 화장됨으로써 두 번 불탄 이훈을 양수리 찬물에 띄워 보내고 다시 고개를 들었을 때 우리는 서로에게서 중년 사내의 피곤한 눈빛을 발견해야 했다. 이제 정신 차릴 때가 되었다고, 그동안 이 세상 물정 모르는 철부지한테 너무 오래 끌려 다녔다고 생각했던 것일까. 그 순간부터 이미 우리에게는 페라라고 뭐고 안중에도 없었다.

감독 아벨 페라라 | **출연** 조 타메리스, 앨버트 싱키스

Raging Bull

분노의 주먹

그들은 항상 〈분노의 주먹〉에서의 제이크처럼 "난, 나쁜 놈이 아냐. 나는, 나쁜 놈이 아냐"를 외치지만 마음처럼 자신을 변화시킬 수 없다. TV에서도 보면 〈헐크〉의 주인공은 늘 자기 문제를 극복하지 못하고 쓸쓸하게 떠나는 것으로 끝나지 않는가. 나는 그런 사람들의 깊은 자기 연민과 외로움을 잘 알고 있다. __**박찬욱** 영화감독

심장을 조이고 가슴을 옭아매는 에이다의 드레

스가 풀리고 육망이 숨을 트기 시작했을 때, 그

들의 사랑은 유일한 희망이 되어간다. 장화를

신은 채 진흙 속 푹푹 빠지는 길을 걸어가는 것

은 쉽지 않고 부풀린 드레스 치마가 축축하고

무거운 것만큼, 서로에게 다가가는 것은 억눌

러 있던 지독한 갈망 때문이었으리라.

__서정 | 영화배우

피아노
Piano

소녀에서 여인으로

남과 여 | A Man and a Woman | 1966

방은진 | 영화배우. 영화감독. 〈301 302〉〈산부인과〉 출연. 〈오로라 공주〉 연출

미니시리즈 〈바보같은 사랑〉의 촬영이 막바지를 향해 가고 있을 즈음이었다. 모 스포츠지와 전화 인터뷰를 하면서 강북 강변로를 타려고 하는데, 기자가 마지막 질문을 한다. "사랑이 뭐라고 생각하세요?" 일시에 내 눈앞에 있던 차들의 행렬이 부옇게 보였다. 사랑이라니. 오랜 침묵 끝에 불쑥 나는 이런 말을 했다.

"가질 수 없는 거……요."

네 살 때 극장에서 처음 본 〈사운드 오브 뮤직〉에서부터 가장 최근에 본 영화까지 나는 과연 몇 편이나 영화를 보았을까? 내 인생의 영화를 고민해야 하는데 이런 쓸데없는 생각

만 떠오르는 날들이 꽤 많이 지나고 나서야 나는 한 편의 영화를 골라잡았다. 클로드 를르슈 감독의 〈남과 여〉를 말이다. 이 영화가 제20회 칸 영화제 그랑프리 수상작이니 내가 태어날 때쯤 만들어진 영화일 것이다. 혹은 그 즈음에 파리와 도빌을 오가며 촬영을 하고 있었을지도 모른다. 아무튼 내가 이 영화를 본 것은 훨씬 뒤의 일이다. 속편이 나왔을 때쯤이 아닌가 한다.

이 영화를 얘기하려면 나의 첫사랑을 말하지 않을 수 없다. S대 미대를 나온 그가 파리 제8대학으로 유학을 떠난 것은 1980년의 일이다. 내가 아직 풋내기 여중생이었을 때니, 그와 나의 연배는 상상에 맡기겠다. 아무튼 그때부터 성인이 되어 만날 때까지 7년 동안 나는 오로지 편지만을 주고받으며 사랑을 키웠다. 그러던 중 편지 속에서 영화 〈남과 여〉에 대한 그의 감상을 듣게 되었고, 그는 영화에서 본 장면과 똑같은 늙은 남자와 개 한 마리가 해변을 거니는 것을 보았노라며 그것을 스케치해서 보내왔다. 나는 그 그림을 책상 앞에 붙여 놓고 그가 보내준 영화 주제곡을 들으며 소녀에서 여인으로 자라났다. 그리고 운명처럼 그 영화를 기다렸다.

그러나 정작 내가 이 영화를 봤을 때는 적잖이 당황했던 것으로 기억한다. 정교하고 스피디한 구성과 몇몇 인상적인 장면, 자유로운 컬러와 흑백의 교차는 보는 이에게 적당한 긴장감을 주었지만, 그 당시 내가 사랑이라고 믿었던 그러한 열정은 보이지 않았다. 그들은 필연처럼 만나 함께 차를 타고 아이들을 만나러 가고, 그런 뒤에는 각자에게 주어진 일을 열심히 하며 살아가는 상처를 가진 중년의 남녀였을 뿐이었다. 그리고 또 역시 너무나 격정적이지 않은 정사 끝에 서로에게 더 이상 다가가지 못하고 호텔 문을 나서는, 그러고는 영영 다시는 만나지 못할 것 같은 얼굴로 헤어지다가 먼저 역에 도착해 기다리고 있는 장의 품에 안타까이 안기는 안느가 있을 뿐이었다. 사랑이라고 하기엔 너무나 뜨뜻미지근했으며 사랑이 아니라고 하기엔 너무나 진지하고 안타까웠다. 당시의 나는 어른이 되어서 새로운 사랑을 하려면 저렇게 힘이 드는구나 하면서 극장을 나왔었다. 절제와 생략을 이해하기엔 내가 너무 어렸던 것일까?

그리고 이제 십수 년이 지나고 난 뒤 나는 오늘 다시 그 영화를 본다. 우선 표피적이고 억지로 만들어 낸 아름다움에만 정신 팔린, 어찌 생각하면 미美라는 단어를 붙이기조차 민망한 미적 기준과 가치가 팽배해 있는 요즘에는 도저히 찾아볼 수 없는 한 여배우의 아름다움을 발견한다. 동양과 서양을 제대로 섞어 놓은 듯한 오묘한 선을 가진 아누크 에매는 갈색

단발머리를 자주 손으로 넘기며 영화 속 '여'를 잘 소화해내고 있었다. 농익었지만 결코 천박하지 않게 타오르는 불꽃을 엷은 베일에 가리고는 말이다. 그것은 '남'도 마찬가지였다. '여'의 사랑한다는 전보를 받고서 입고 있던 양복을 벗으며 복도를 뛰어 그 밤으로 빗속에 차를 몰아 왕복 6,000km의 길을 가며 그는 희망과 두려움, 기대와 불안을 동시에 보여준다. 다소 유치한 듯한 내레이션이었지만 사랑이란 이렇듯 조바심나는 감정이 아니었던가. 사실 그들의 감정은 함께 있을 때보다 떨어져 각자의 일상을 살고 있을 때 깊어지고 있었으며, 감독은 전혀 다른 일을 하는 둘의 모습을 교차로 보여주면서 자연스레 감정을 키워주고 있었다. 그리고 대사에 의존하지 않는 플래시백의 효과적인 사용, 자동차의 굉음과 감미로운 노랫말, 그리고 음악과 라디오의 적절한 사용은 상당 부분 말을 대신하고 있으며, 때로는 배우의 얼굴이 아니라 손이나 어깨를 통해서 감정이 전달될 수 있음을 다시 한번 확연히 느끼게 해주었다.

나는 서른이 훌쩍 넘고서야 비로소 절절히 그들의 사랑에 공감한다. 또한 사랑은 언제고 이렇게 비처럼, 바람처럼 찾아올 수 있다는 것에 안도한다. 나는 첫사랑을 통해 이 영화를 만났고, 결국 그를 떠나보냈지만 늘 그가 어떤 방식으로

든 내 안에 살아 있음에 감사한다. 그는 내게 뚜렷한 '남'이었으며, 나 또한 그의 뚜렷한 '여'이었으므로. ·

그 뒤 클로드 를르슈 감독은 꽤 다작을 했지만 이렇다할 역작을 내놓지는 못했다. 누벨바그 시대의 감독 대열에서 출발하여 빠른 명성을 얻고 나름대로의 방식으로 나아가다 길을 잃어버린 듯도 하지만, 그가 가장 프랑스적이면서도 세계가 공감하는 영화를 만들어 냈던 것만은 분명하다.

남과 여, 그 긴밀한 만남에는 수많은 이야기가 존재한다. 그리고 거기서 비롯된 많은 이야기들이 영화로 만들어진다. 어찌 보면 전혀 새로울 것 없는 관계임에도 여전히 서로를 바라보거나 혹은 등진 채 울고 웃는다. 우리가 사랑 이야기에 천착하는 것은 어쩔 수 없이 서로를 그리워해야 하는 지독한 속성 때문일 것이다. 그러니 가지지 못한들 어떠랴, 그것이 사랑일진대!

감독 클로드 를르슈 | **출연** 아누크 에매, 장 루이 트랭티냥

예술이 아니라서 재밌다

헨리: 연쇄살인범의 초상 | Henry: Portrait of a Serial Killer | 1990

배수아 | 소설가. 《푸른 사과가 있는 국도》 《독학자》 《당나귀들》

연쇄살인 이야기는 늘 재미있다. 그래서 많은 영화들이 다룬다. 연쇄살인범들의 유형에는 미치광이인 척하면서 교묘하게 자신이 노리는바 이익을 추구하는 효율적인 타입도 있고(애거서 크리스티의 〈ABC 살인사건〉), 종교적인 의미를 부여하거나(〈세븐〉) 마치 살인 그 자체를 위해 태어난 듯이 뽐내고 다니는 쿨한 미남미녀들도 있고(이런 것은 말하자면 시각적인 효과와 디지털 세대의 감각에 어필하기 위해 '만들어진' 공포물이다. 〈칼리포니아〉, 〈올리버 스톤의 킬러〉), 천재적인 살인범과 경찰이 나와 지적인 유희를 벌이는 타입(이런 것은 무수히 많다), 정말로 맛이 간 정신병자가 등장하는 경우(70년대에 유행하던 공포물들), 무엇보다도 살인하는 순간이 짜릿하기 때문에 그것을 즐기려고 반복하는 경우(대개 이중인격자들이 등장한다) 등 아주 다양하다. 달콤 쌉싸름한 연애 이야기 따위는 이것에 비길 바가 못 된다(사실 연애 이야기를 영화에서도 봐야 하나. 연속극들만 해도 지나치게 충분하지 않은가).

영화 〈헨리…〉에는 세 명의 주요 등장인물이 있다. 주인공의 이름은 헨리(당연하다). 그리고 헨리의 감옥 동료이자 친구인 오티스, 오티스의 여동생인 베키. 헨리는 떠돌이 노동자이고, 오티스는 마약이나 팔면서 돌아다니는 건달이며, 베키는 날건달인 남편이 감옥에 갇히자 딸을 어머니에게 맡기고 떠나온 미용실 점원이다. 이들은 돈도 없고 안정된 직장도 없고 따라서 친구도 없고 가족도 없고 살아오면서 별로 좋은 추억거리도 갖고 있지 못하다. 한집에서 사는 이들은 행복 따위와는 거리가 멀다. 여기까지 말하면 어떤 사람들은 〈천국보다 낯선〉 같은 것을 연상할지도 모른다. 그러나 틀렸다. 이것은 예술 영화가 아니다. 그래서 재미있다.

하여튼 헨리는 어머니와 그녀의 정부를 죽인 경력이 있다. 헨리의 어머니는 문란한 여자였고 그녀의 방종이 지금의 헨리를 만들었다는 암시가 그럴듯하게 들어간다. 그래서인

가. 헨리의 희생자는 대부분 여자들이다(어디에서나 등장하는 남자들의 오이디푸스 콤플렉스의 지겨움이라니!). 머리가 좀 모자라는 듯한 건달 오티스는 머지않아 헨리의 살인 행각에 끼어들어 같이 즐기면서 히히거리게 된다. 이들에게 살인을 하게 만드는 욕구의 수준이란 길거리에 침을 뱉거나 시끄러운 전화 벨소리를 참을 수 없어 하거나 고장난 텔레비전을 주먹으로 치는 정도에 불과하다. 삶에 지친 베키는 헨리에게 친절히 대해 주고 헨리도 베키에게 마음이 기우는 듯하다. 헨리가 모친 살해범이고 자신의 오빠 오티스를 죽이는 것을 보았음에도 불구하고 베키는 헨리를 따라 길을 떠난다(얼마나 외로웠으면!). 관객이 침을 삼키면서 기대하는 바를 저버리지 않고 헨리는 마지막으로 베키조차 죽여 가방에 담긴 시체를 길가에 버린다. 물론 그럴 만한 이유는 없다.

이것으로 이야기는 끝이다. 헨리는 자신의 입으로 행동에 대한 어떤 설명이나 변명을 하지 않기 때문에 내가 헨리의 행동에 주석을 다는 것은 과잉 행동 같다. 그런 일은 헨리의 주체성을 침해하는 것이며 그에게 잘못하는 것이다. 헨리는 다른 영화에 등장하는 연쇄살인범과 좀 구별되는 면이 있다. 카리스마라고 할까, 악마적인 매력이라고 할 것이 없다. 그냥 보기에 그는 단순히 좀 무식하고 표현력이 짧아서 말이 없는 그런 가난한 사내로 보일 뿐이다. 오티스나 베키도 마찬가지다. 외모도 별 볼일 없는 하층계급이다. 또한 이 영화에는 그 흔한 할리우드의 경찰이 단 한 명도 등장하지 않는다. 한국 영화였다면 과연 사람들이 봤을까?

굳이 이 영화를 호러 장르에 넣을 수도 있다. 그러나 소름끼치게 무서운 장면은 없다. 좀 역겨울 뿐이다. 내가 이 영화를 세 번째 본 날은 너무 피곤했기 때문에 화가 나 있었다. 나는 집 안에서 영화를 보면서 울고 싶었다. 뭐라도 좋았다. 그래서 〈러브레터〉를 빌려왔다. 사람들 말에 의하면 〈러브레터〉를 본 사람들은 모두 다 남자들조차도 '엉엉' 운다고 했으니 말이다. 나는 손수건을 말아 쥐고 무수히 들었던 대로 여주인공이 "오겡끼 데스까" 하는 장면에서 눈물을 흘릴 준비를 하고 있었다. 그런데 눈물이 나지 않았다. 영화는 아름다웠지만 나에게는 그저 그랬다. 그 사랑은 감동적이었지만 나에게는 그저 그랬다. 나는 배반당한 기분이었다. 역시 영화는 절대로 사람들 말에 현혹되서 선택하는 것이 아니었다. 그래서 나는 내가 가지고 있던 〈헨리…〉를 세 번째로 보게 되었다. 처음에 〈헨리…〉를 봤을 때 나는 밥을 먹고 있었다. 그 기분은 정말 혐오스러웠다. 그래도 역시 이 영화는 무엇인가를 먹으면서 보는 것이 최고다. 그 무엇인가의 '절정'을 느낄 수 있는 것이다.

　〈헨리…〉를 보면서 느끼는 것이 나름대로 있을 것이다. 역시 오빠란 좋은 것으로 가지고 있어야 한다. 불행은 가정에서 재생산된다. 훔친 비자카드를 가지고 있는 남자는 스테이크를 사준다. 관음증보다 더 많은 상처를 주는 것은 보여주고 싶어하는 것이다. 추적당하지 않는 연쇄살인범도 있다.

감독 존 맥노턴 | **출연** 마이클 루커, 톰 타올레스

춤추고 노래하라!

그리스 | Grease | 1978

백민석 | 소설가, 《내가 사랑한 캔디》《목화밭 엽기전》《러셔》

어째서 내가 〈그리스〉에 열광하는지 모르겠다. 날렵한 몸매의 존 트라볼타를 볼 수 있어서 그런가. 올리비아 뉴튼 존을 110분짜리 극영화로 볼 수 있어서 그런가. 10대처럼 보이는 그녀를 앞에 두고 은밀한 상상을 할 수 있어서 그런가. 확실히 〈펄프 픽션〉의 존 트라볼타는 굼떴다. 총을 난사할 때도 뻣뻣이 버티고 서서 꿈쩍도 않는다. 와이셔츠는 뱃살에 밀려 벨트 밖으로 튀어나와 있다. 카메라에 길게 잡힌 올리비아 뉴튼 존은 별로 본 적이 없다. 7, 8년 전 무슨 동물 보호 다큐멘터리에선가 보고, 그보다 더 오래 전 아메리칸 뮤직어워드 시상식에서 잠깐 볼 수 있었다.

그런 그들이 〈그리스〉에서 춤추고 노래를 부르고 입을 맞춘다. 나에게 〈그리스〉가 흥미로웠던 건 이 영화의 재편집 판 클립을 보고 나서다. MTV 홍보용 클립이었다. 나는 여러 가지로 감탄했다. 우선 착착 감겨오는 슈가 팝들이 그랬고, 자동차 보닛 위에서 빠르게 스텝을 밟고 훌쩍 뛰어내리는 트라볼타가 그랬다. 뉴튼 존의, 두 손으로 넉넉히 감쌀 수 있을 만치 가느다란 허리 사이즈가 그랬다.

트라볼타와 뉴튼 존은 사실, 내가 속한 세대의 연예 스타는 아니다. 트라볼타는 〈펄프 픽션〉 이후로 인기 상종가를 치고 있지만, 사람들은 그걸 재기에 성공했다고 부른다. 그는 팝 그룹 비지스와 함께, 70년대 후반에서 80년대 전반에 걸친 디스코 열풍의 주역이었다. 그의 출세작 〈토요일 밤의 열기〉 사운드트랙 앨범의 재킷은, 디스코텍의 스테이지에 마치 링 위의 록키처럼 우뚝 올라선 그의 초상이었다. 디스코 스타로서의 그의 인기가 막을 내린 것도 역시, 비지스와 함께한 디스코 영화 〈스테잉 얼라이브〉에서였다. 이 영화 사운드트랙의 재킷엔 디스코를 너무 열심히 추느라 흘러내린 땀을 처리하기 위해 머리에 밴드까지 두른 댄서의 초상으로 그가 실려 있다(이 영화의 제작에는 실제로 실베스터 스탤론이 참여하기도 했다).

뉴튼 존 역시 트라볼타와 비슷한 시기에 인기를 얻고 잃었다. 디스코 음악 싱어나 배우로서는 아니었다. 그녀는 70년대 내내 컨트리 싱어였고, 첫 히트 앨범은 73년에 냈다(그녀는 이 앨범으로 빌보드차트에서 밥 딜런을 눌렀다!). 그녀가 48년생임을 감안한다면, 밥 딜런의 라이벌이었다 해도 이상한 일은 아니다. 80년대 초반 우리나라에 가장 잘 알려진 '제나두Xenadu'와 '피지컬Physical' 같은 댄스 음악은 그러니까 그녀 음악의 작은 일부에 지나지 않는다. 우리나라에서 뉴튼 존이 인기를 끈 것도 70년대와 80년대 초반이었다. 특히 70년대에 그녀가 낸 앨범들은 거의 모두 우리 시장에 라이선스를 받아 출시되었다(여기서도 그녀는 밥 딜런을 이겼다). 이 글에 쓰인 자료들은 인터넷이나 책에서 뽑은 게 아니다. 모두, 내가 갖고 있는 지난 시절 음반들에서 뽑은 것이다. 그러니 당시 디스코 영화나 뉴튼 존의 인기는 얼마나 대단했던 것일까.

트라볼타나 뉴튼 존은 그러니까, 내 삼촌뻘 되는 세대의 청춘 스타였다. 복고 취향도 이젠 한철 지난 유행이 되었는데, 나는 왜 〈그리스〉에 열광하는 걸까. 뮤직비디오 클립이 너무 멋져서 그럴까. 사실을 말하자면 〈그리스〉는 그와 비슷한 맥락의 청춘 영화들에 비하면 그 수준이 처진다. 앞선 시기의 〈이유없는 반항〉이나 나중의 〈광란의 사랑〉의 초벌 시나리오 원고를 갖고 찍은 영화 같다. 뮤지컬 영화라지만 트라볼타는 노래를 한참 못하고 뉴튼 존은 연기를 한참 못한다. 게다가 트라볼타는 영화 내내, 뉴튼 존의 청순한 아름다움에 기가 눌렸는지 그녀의 눈을 한 번도 제대로 응시하지 못한다. 주역 연기자들이 서로 눈을 맞추지 못하는 영화는 평면적일 수밖에 없다. 대니(존 트라볼타)와 샌디(올리비아 뉴튼 존)가 하는 고민은 그들이 다니는 라이델 고교의 교가 수준을 넘지 못한다.

〈그리스〉에는 흥행이라는 한 마리 토끼만을 쫓는 영화가 흔히 벌이는 속보이는 뻔한 행태들이 고스란히 담겨 있다. 영화는 당시 인기 상종가였던 두 청춘 스타를 기용해선, 미국 청소년들의 소비 취향을 자극하는 기호들로 스크린을 가득 채운다. 빨간색 스포츠카, 디스코, 슈가 팝, 그리스(튜브에 담긴, 짜 쓰는 머릿기름이다), 해외 펜팔, 혼전 섹스, 뷰티 스쿨, 드라이브 인 시어터, 자작 자동차, 프랭키 아발론(신승훈이 깜짝 출연한 영화를 떠올려 보라), 고교 풋볼팀과 치어걸들.

이 모든 너저분하고 실망스러운 약점들에도 불구하고, 그래도 나는 〈그리스〉에 열광한다. 사람을 열광시킬 수 있는 가장 빠르고 간편한 대중적 수단은 노래와 춤이다. 노래방과 DDR 게임방 간판이 휩쓸고 있는 우리나라 길거리 풍경만 봐도 그렇다. 나도 예외는 아니다. 대중적인 것은 늘 마음을 안심시켜 준다. 편안케 하고, 부담이 없다. 가볍고 경박하고 촌스런 〈그리스〉가 가진 힘은 바로 그것이다. 내가 잠시 〈그리스〉에 열광하는 시간을 갖는다고 해서 무엇이 잘못일까. 그것이 요즘의 내게 가장 절실한 시간이다.

감독 랜달 클라이저 | **출연** 존 트라볼타, 올리비아 뉴튼 존

미세한 떨림과 침묵 속에 깃든 구원

피아노 | The Piano | 1993

서정 | 영화배우, 〈섬〉 〈거미숲〉 〈녹색의자〉

"이상한 것은, 내가 침묵한다는 생각이 들지 않는다는 점이
다. 그것은 내 피아노 때문이다."

지혜와 영감을 위한 기도의 절정에서 난 하늘의 그분과
소통을 이루었고, 혼란스럽던 가슴속엔 일을 향한 확신이 잠
처럼 밀려오고 있었다. 그날 밤, 나는 꿈속에서 영화 〈피아
노〉의 한 장면을 보았다. '밤에는 바다 밑 무덤 속의 내 피아
노를 생각한다. 그리고 가끔은 내 자신이 그 위에 떠 있는 걸
본다. 그 아래선 모든 게 너무도 고요하고 조용해서 나를 잠
으로 이끈다. 그것은 기묘한 자장가이다. 그리고 나의 자장가
이다. 소리가 존재한 적이 없는 그런 고요가 있다. 소리가 존

재할 수 없는 그런 고요가 있다. 차가운 무덤 속……' 바로 이 장면은 어떤 기시감처럼 내가 출연했던 영화 〈섬〉에서 이루어졌다. 차가운 물속, 나의 몸과도 같았던 나룻배와 하나가 되어 순수와 고통을 정화시키려는 듯 가라앉은 마지막 에필로그 장면이었다. 나는 물속, 그 고요함을 기억한다.

영화 〈피아노〉는 삶의 순수한 의지와 사랑의 갈망을 너무도 선명하고 아름답게 표현해 경이롭기까지 하다. 그러나 나를 더욱 매료시킨 것은 두 배우의 살아 있는 연기였다. 영화 〈율리시즈의 시선〉에 나온 하비 케이틀의 잊을 수 없는 대사가 있다. "당신을 사랑할 수 없는 것이 슬프다." 그러나 내 마음에 어떤 절규처럼 남아 있던 그 말은 바다 모래 위에 엉키는 피아노 소리와 함께 그의 시선 깊은 곳에서부터 무너지고 있었다. 〈피아노〉에서 그가 가진 사랑의 자리는 에이다(홀리 헌터)에게 침묵으로부터 소통할 수 있는 피아노 외에 또하나의 통로가 된다.

나는 하비 케이틀의 흔들림을 기억한다. 영화 내내 보인그의 미세한 떨림은 열정으로 폭발할 것 같지만 그 절정에서의 불안함은 또 다른 침묵 속으로 되돌아간다. 그러나 심장을 조이고 가슴을 옭아매는 에이다의 드레스가 풀리고 욕망이숨을 트기 시작했을 때, 그들의 사랑은 유일한 희망이 되어간다. 장화를 신은 채 진흙 속 푹푹 빠지는 길을 걸어가는 것은 쉽지 않고 부풀린 드레스 치마가 축축하고 무거운 것만큼, 서로에게 다가가는 것은 억눌려 있던 지독한 갈망 때문이었으리라. 그러나 그녀의 눈빛은 건반 위를 구르는 섬세한 손길처럼 설레기만 한다.

나는 이 영화를 통해서 홀리 헌터라는 배우를 알게 되었다. 정말, 의지는 본능보다 강한 것일까? 참으로 순수하게, 그 어떤 깊이에의 강요도 없이 진실을 표현하는 힘과 의지로 살아가는 에이다의 솔직함에 많은 자극을 받을 수밖에 없었다. 더욱이 〈섬〉에서 대사 한 마디 없는 역을 했던 내게 그 침묵의 소리들은 키에슬로프스키의 영화 〈블루〉에서, 상처와 고통을 무표정에 담아내던 줄리엣 비노쉬의 모습과 함께 마음속 깊이 남아 있다. 이처럼 작가의 영혼을 담는 배우들은 필름 안에서 순간을 영원으로 살아가고 있는 것 같다.

〈피아노〉의 포스터만 보고 있어도 마이클 니만의 음악이 밀려오는 듯하다. 그가 사랑에 빠져서 만든 음악이 아닐까 하는 생각이 든다. 너무도 고요하지만 정열적이고 때론 불같이 단순해지는 배우들의 이미지와 어울리면서 〈피아노〉의 음악은 에이다의 심정을 잘 담아낸다. 그 시절 나는 유난히도 따뜻한 영화를 찾아다닌 것 같다. 그때 〈피아노〉를 보게 되었는데, 나에게는 화면 가득한 블루 빛 바다와 질펀한 숲 속의 회색 빛 영상마저도 따뜻하게만 느껴졌다. 모든 것을 품을 수 있을 것 같은 예감들이 강인한 영상을 통해 끊임없이 전해졌다. 집착으로든 희생으로든 사랑의 형태는 다양하며 진실의 형태 또한 그렇다. 혼돈과 평정 속에 우주는 형성되고, 인간은 하나의 선으로 그려질 수밖에 없는 삶을 살아가고 있다.

〈피아노〉는 밤과 낮만 있는 듯한 미개척의 공간에 순수하고 따뜻한 정서를 담아낸 예술가들에게 고마움을 느끼게 해주는 영화다. 나는 이 영화를 통해서 영화에 대한, 연기를 향한 열정을 재확인할 수 있었다. 영화란 정말 참으로 대단하다. 예술로서 영화의 본질은 순수일지 모르지만, 적어도 나에게 그것은 나 자신을 정화시키는 힘이다. 구원과도 같은 작업으로 나아가는······.

감독 제인 캠피온　　**출연** 홀리 헌터, 하비 케이틀

에로? 액션? 앗, 사회극!

알 파치노의 뜨거운 오후 | Dog Day Afternoon | 1975

손석희 | MBC 아나운서, 〈MBC 100분토론〉 〈손석희의 시선집중〉

네 살부터 여섯 살 때까지 명동 입구 저동에 살았다. 중앙극
장 옆에. 일곱 살 때부터 열한 살 때까지는 퇴계로에 살았다.
대한극장 옆에. 내가 뻔질나게 왔다 갔다 했던 나의 외할머니
댁은 을지로였다. 그러니까 그 사이에는 뭐가 있지? 충무로
다. 내가 그 길을 수도 없이 지나다닐 때 스카라극장이 새로
지어졌다. 맞은편은 명보극장이었고. 말해 뭣하랴. 그때나 지
금이나 충무로는 한국의 할리우드다.

　　요즘 영화와 좀 관련 있다 하는 사람들이 어디 써 놓은
걸 보면 자기가 이러저러해서 어렸을 적부터 영화를 좋아했
고, 그러니 영화와 자신은 떼어 놓을 수 없다고들 하지만 어

림없는 소리, 어찌 내게 비하랴. 나로 말할 것 같으면 신성일 아저씨가 비 오는 거리에서 영화 찍는다고 폼 잡는 걸 바로 집 앞에서 툭하면 본 사람이요, 〈빨간 마후라〉(그 비디오 말고 신영균 아저씨 나오는 거)를 명보극장에서 동네 아줌마들과 함께 개봉 첫날 본 사람이다. 그뿐인가. 중앙극장에서 개봉된 〈쿼바디스〉와 국도극장에서 개봉된 〈성춘향〉의 주인공들, 데보라 카와 최은희 아줌마를 일찌감치 좋아했으며, 대한극장과 그 맞은편에 있던, 지금은 없어진 아데네극장의 개구멍을 알고 있는 몇 안 되는 아이들 중 하나였던 것이다. 이 정도면 지금 잘난 척하는 영화평론가들도 손들었겠지.

그래, 어차피 반전시킬 거면 지금 빨리 하고 말자. 그렇다. 그럼에도 불구하고 나의 영화 취향은 매우 천박해서 도무지 고상 떠는 영화는 보질 못하며, 별것도 아닌 영화 가지고 고상 떠는 평론가는 더 못 봐준다. 그러다 보니 내 영화 취향은 언제부터인가 폭력 영화 일변도로 바뀌어서, 생각하게 하거나 눈물 짜게 하는 영화를 멀리한 지가 어언 10년 이상이던가. 이런 내게 영화를 소개하라니…… 하지만 결국 이번 한 번만 잘난 척을 하기로 했다. 그런데 미리 고백하지만 내가 지금부터 얘기하려는 영화는 어쩌다가 실수로 보게 된 것이지 그게 그렇게 생각을 요구하는 줄 사전에 알고 본 건 절대로 아니다.

'Dog Day Afternoon', 우리말 제목은 '뜨거운 오후'이다. 사전대로 번역하자면 복날 오후가 되는데, 원제를 보고 '미국 사람들도 날이 더우면 개를 떠올리나 보다'라는 싱거운 생각을 하기도 했다. 우리말 제목을 보면 무슨 야릇한 애정 영화인 듯싶기도 했지만 영어 제목을 보니 그렇지 않을 듯했고, 더구나 주인공이 알 파치노인 담에야……. 그런데 그게 실수였다. 도입부는 제법 그럴듯하게 시작하더니 시간이 갈수록 아닌 것이다. 게다가 막판에는 미국 영화답지 않게 비극으로 몰아가는데 그 뒷맛이 어찌 개운하겠는가. 아무튼 취향이 나하고 비슷한 사람일지라도 한번 꾹 참고 보길.

시드니 루멧 감독(나는 이 사람에 대해 잘 모른다. 아니, 그냥 이 영화와 관련된 사람들은 알 파치노 빼고 다 모른다고 해두자), 프랭크 피어슨 각본, 알 파치노, 존 카잘, 찰스 더닝 등 출연. 1972년에 진짜 일어났던 일을 1975년에 영화로 만들었다. 내가 본 건 지금으로부터 10년 전쯤이다. 극장 개봉작이 아니니 물론 비디오로 빌려 봤다.

소니(알 파치노)는 8월의 어느 엄청 더운 날 친구인 샐(존 카잘)과 함께 동성애 관계에 있는 애인의 성전환 수술비를 마련하기 위해 은행을 털러 들어간다. 일은 생각처럼 되질 않고 결국은 은행 안에 있던 사람들을 인질로 잡아 경찰과 대치하게 되는데, 텔레비전 방송으로 이 인질극이 중계되면서 양상이 복잡해진다. 미디어를 적절히 이용하기 시작하는 범인들과 역시 이 인질극을 상업적으로 이용하는 미디어……. 뭐 이쯤에서 이 영화가 액션 영화가 아니라 사회극이란 것을 눈치 채고 테이프를 뺄까 했는데 시드니 루멧과 알 파치노가 그렇게 내버려두질 않았다. 그러니 끝까지 볼 수밖에. 내가 다 얘기하면 재미없으니 그 끝이 비극이란 것만 짚고 넘어가겠다. 나머지는 독자 여러분께서 알아서 즐기시길.

내가 아는 한 알 파치노는 이 영화에서 제일 뛰어났다. 물론 〈스카페이스〉도 있지만. 〈히트〉에 나와서 헉헉댔던 것에 비하면 이 영화에서 그는 너무나 젊고 팔팔하다. 텔레비전 카메라와 경찰들이 지켜보는 앞에서 인질과 동료를 은행 안에 둔 채 바깥으로 나와 떠들어대는 장면은 그가 아니면 곤란하다.

러닝타임 2시간 10분(원본이 그렇다는 것이고, 아마 비디오 제작자들이 잘라먹었을 게다), 애들은 보지 말 것(더 보려 들겠지?), 인터넷에 들어가서 평론가들 점수 봤더니 별 넷(난 별 다섯 개 다 주는 평론가 못 봤다). 오래된 영화니까 좀 큰 비디오점에 가야 있을 게다. 만일 아무 데도 없다면? 그럼 진짜 액션 영화나 골라서 보자.

감독 시드니 루멧 │ **출연** 알 파치노, 존 카잘, 찰스 더닝

당신의 불빛

시티 라이트 | City Lights | 1931

송일곤 | 영화감독. 〈깃〉 〈거미숲〉 〈꽃섬〉

"당신, 이제 볼 수 있어요?"

새벽 4시 반인데, 늦은 여름 비가 내리고 있다. 난 4년 반 만에 타국에서 돌아와 첫 번째 장편 영화를 만들기 위해 1년여를 보냈다. 참, 정신없이 보냈다. 우리의 아픔에 대한 무의식적인 의무와 새로운 영화에의 갈망으로 시나리오를 쓰고 영화인들을 만나며 한국의 영화 시스템을 익히고 책을 읽고 컴퓨터 앞에서 정보를 따라잡아야 했다. 갈증과 소음 속에서 빡빡하게 사람들 틈에 살았다. 이 도시의 불빛은 분명 여기저기 켜져 있는데, 마음의 불빛은 어두운데, 아직 가야 할 길은 멀고 굽은 언덕이 몇 개나 더 있을지 모른다.

조금 전에, 사랑하는 영화인 채플린의 〈시티 라이트〉를 다시 봤다. 이 원고를 쓰기 위해서였는데, 결과는 극적으로 바뀐다. 내가 꿈꾸던 영화는 바로 이런 것이었다. 온몸을 훑고 지나가는 이 감동 혹은 깨달음. 그건 그리 어렵지 않은 것이었다. 영화의 짧은 역사 속에서 그의 영화처럼 많은 사람들에게 사랑받은 예는 없다. 귀족적인 예술의 입장에서 완전한 광대였던 그를 경시했을지 몰라도, 그는 사람들에게 웃음과 기쁨과 통쾌함과 슬픔과 감동을 선물했다. 그 감동은 결코 얕지 않다. 그것은 그의 영화가 나이를 먹지 않기 때문이며, 시간이 흐를수록 생명력을 갖기 때문이다. 이 영화를 몇 번이나 보았는지 기억할 수 없지만, 확실한 것은 볼 때마다 울지 않은 적이 없고 웃지 않은 적이 없다는 점이다.

어린 시절 그의 영화를 볼 땐 그저 그의 행동과 상황이 웃겼을 뿐이었다. 그리고 폴란드로 유학을 갔다. 잠잘 시간조차 없던 가운데 우연히 친구가 놓고 간 비디오테이프 속에 이 빛나는 80여 분의 영화가 있었다. 단지 어떤 테이프인지 확인하려 했는데, 소파에 앉아 끝까지 보고 말았다. 그리고 테이프는 내 것이 되었다. 가끔 우리 집에 친구들이 들르면, 난 자주 이 영화를 꺼내 불가리아산 싸구려 와인을 마시며 함께 보곤 했다. 담배를 피워도 좋았고, 다른 음악을 틀어도 괜찮았고, 선 채로 담소를 나누며 봐도 좋았다. 내가 짝사랑하던 한 폴란드 여자가 처음 집에 놀러왔을 때도 난 이 영화를 보여주었다. 돌난로가 고장난 추운 동유럽의 겨울이었기에 그녀는 붉은색 오리털 점퍼를 입고 몸을 웅크린 채 고개를 젖히며 웃어댔고 마지막 장면에선 눈물을 흘렸다. 보라, 이 영화는 얼마나 위대한 역할을 했는가! 그것은 한 사람의 기억을 연결시키며 동시에 그 공간으로 이끌어 주었다. 그래서 난 채플린과 〈시티 라이트〉에 감사한다. 그리고 이 영화가 나에게 얼마나 소중한 기억이었는지 잊고 있었기에 그에게 미안하다.

　　나는 최초의 영화 〈시오타에 도착하는 기차〉가 필름으로 찍혔을 때, 그리고 1895년 그랑 블루 카페의 100년 전 관객들에게 그것이 상영되었을 때의 경이로운 충격을 상상해 보곤 한다. 내가 영화사 초기의 무성영화들과 당시의 천재적인 영화감독들(특히 찰리 채플린과 세르게이 에이젠슈테인과 프리츠 랑)을 자주 생각하곤 하는 이유는 그들로부터 내려오는, 새로운 매체인 영화에 대한 순수한 열정과 영감 그리고 폭발적인 재능들 때문이다. 이미 새로운 영화는 없다고 말하는 이 시대에, 영화적인 미학은 점점 더 대사와 스토리텔링에 의존하고 있는 이 현실에, 관객의 상상력이 전락한 이 신세기에, 채플린은 이미지로 그리고 사운드로 우리들을 그의 영화에 참여시킴으로 영화예술의 가능성을 팽창시켰다.

난 지금 낯선 고향으로 돌아와 영화를 준비하고 있는데, 오히려 좌절과 고통과 갈등의 연속이다. 시나리오는 엉켜 있고, 사람들은 모두 비슷한 표정으로 그들 자신이 만든 틀 속에서 꿈을 꾸는 것 같다. 그런데 이제야 알겠다, 어떤 영화를 만들어야 할지. 망설임이 올 때마다 잊고 있던 채플린에 관한 기억들을 불러와야겠다.

그는 이 영화 마지막에 믿을 수 없이 아름다운 표정으로 자신이 사랑하던 꽃 파는 여인을 바라본다. 웃어 보인다. 오른손을 입에 수줍게 대고 자신이 고생 끝에 만든 돈으로 시력을 회복한 여인을 한없이 바라본다. 여인은 이 거리의 방랑자인 웃기는 거지를 마침내 알아본다. 그를 바라본다. 그리고 묻는다. 당신? 채플린은 고개를 끄덕인다. 그리고 웃음을 잃지 않으며 그의 사랑을 바라본다.

감독 찰리 채플린 | **출연** 찰리 채플린, 버지니아 셰릴, 해리 마이어스

내 친구 미순아!

내 친구의 집은 어디인가 | Where Is the Friend's Home? | 1987

신경숙 | 소설가. 《풍경이 있던 자리》 《깊은 슬픔》 《외딴방》

내가 열다섯 될 때까지 살았던 마을은 그렇게 촌이었다고 할 수도 없는데 이상하게 내가 초등학교 6학년이 됐을 때에야 전기가 들어왔다. 전깃불이 들어오기 전의 촌 살림이 어떠한 지를 가슴 밑바닥에 간직하고 있는 탓에 내겐 사람살이의 극적 변화를 전기가 들어오기 전과 들어온 뒤로 가리는 버릇이 있다. 그만큼 전깃불이 들어왔을 때의 느낌이 내겐 충격이었던 모양이다. 방방에 부엌에 뒤꼍에 남포등을 달아 놓아도 집안이 칠흑처럼 느껴지던 것이 그저 조그마한 알전구 하나를 마당 빨랫줄에 달아 놓았을 뿐인데 저 뒤꼍까지 발가벗겨진 듯 환하던 빛의 충격은 지금도 당최 표현이 안 된다.

어린 시절에 알전구가 발하는 빛을 보고 충격을 먹은 그
만한 충격을 대보라면 영화를 처음 봤을 때이다. 10리는 걸어
야 하는 하교 길에 무슨 얘기를 끝도 없이 들려주던 친구가
있었는데, 미순이였다. 그 애의 입에서 흘러나오는 연작의 얘
기를 듣기 위해 나머지 애들은 미순이의 가방을 들어주었다.
행여 미순이가 기분이 상해, 얘기를 그쳐 버릴까 조바심치는
나머지 애들 속에 나도 끼어 있었다. 참말로 미순이는 어떻게
저런 얘기를 알고 있을까, 그 자체가 신비였다. 어떤 연유에
서인지는 잊었으나 미순이가 돈이 생겼다며 나를 읍내의 영
화관에 데리고 갔다. 읍내에 발을 디뎌본 것도 처음이라 놀라
운 터에 영화까지 보았던 그날은 가히 내 어린 시절 축복의
날이었다. 정확하지 않을지는 모르나 내가 세상에서 처음 봤
던 그 영화의 제목은 '황혼의 맨하탄' 아닌가 싶다. 윤일봉,
양정화 주연인 명실공히 성인 영화(?)였다. 물론 그 영화가
성인 영화여서 내 넋을 얼 만큼 빼 가기도 했겠지만 아, 사람
이 저렇게 미남미녀일 수도 있다는 것, 영화에 나오는 도시와
집과 소품 같은 것들로 인해 아, 어디선가 사람이 저리 살고
있는가 보네 싶어 더한 충격을 받았던 것 같다. 이곳이 아닌
다른 곳의 삶을 꿈꾸게 했던 것이 영화였다. 그렇게 매혹되었
기에 내게 영화를 또 보여줄 수 있는 가능성을 지닌 미순이의

손아래가 되어 〈배뱅이〉, 〈성숙〉 등을 함께 보았다. 미순이의 입에서 이어지고 이어지던 매혹적인 이야기가 영화 스토리였다는 것도 알게 되었고, 미순이의 꿈이 양정화 같은 영화배우라는 것도 알게 되었다. '감히 영화배우를 꿈꾸다니, 네가 감히' 싶으면서도 부럽고 부러웠던 미순이.

미순이를 쫓아다니기 시작한 이후로 나는 지금껏 영화라고 하면 허기진 사람이 밥을 찾는 것처럼 쫓아다녔는데, 막상 내 인생의 영화라 할 수 있는 영화를 딱 꼬집어 써 보려 하니 터무니없이 미순이가 자꾸 눈에 밟힌다. 미순이가 나보다 먼저 도시로 떠난 뒤에, 지금은 사라진 정읍의 성림극장이나 유림극장에서 〈나자리노〉며 임예진 주연의 '진짜진짜' 시리즈를 몰래 보다가 적발되어 화장실 청소를 하거나 반성문을 써 내던 나도 서울로 오게 되었다. 연이 그랬던 모양으로 우연히 미순일 만나 〈사랑의 스잔나〉 이야기를 또 밤이 새는 줄 모르고 들었다. 그때껏 영화배우가 꿈으로 진추아의 노래까지 똑같이 따라 부르던 미순이.

세월이 흘러 흘러 마흔이 다 된 미순이가 두 해 전인가 세 해 전인가 내게 전화를 했다. 안 만나고 산 세월이 너무 길어서 얼굴도 거의 잊은 미순이가 출판사를 통해 내 전화번호를 알아내 전화를 건 것이다. 서로를 확인한 뒤 꺼낸 첫마디가 "〈내 친구의 집은 어디인가〉 보러 가자!"였다. 나는 이미 그 영화를 본 터였다. 뭣 때문에 그랬을까. 나는 "그 영화 봤다!"고 안하고 "그래, 그러자" 그랬다. 뭣 때문은 뭣 때문이겠는가. 두 번 보아도 좋을 영화여서 그랬겠지. 동숭동에 있는 영화관 앞을 약속 장소로 정하며 나는 우리가 서로 알아보기나 하려는지 염려가 되었는데, 막상 서로를 알아본 우리는 나란히 앉아 〈내 친구의 집은 어디인가〉를 보았다. 좋은 영화이지 슬퍼서 울 영화는 아닌데 영화를 보는 내내 미순인 울었다. 처음엔 숨죽여 울더니 나중엔 딸꾹질 비슷한 소리까지 내며 우는 것이었다. 아마도 미순이가 우는 소리에 졸고 있던 사람도 몇 깨어났을 것이다. 오랜만에 만나 다짜고짜 영화관으로 들어갔기 때문에 영화관에서 나온 뒤엔 서로의 그간 인생에 대해 말할 차례였다. 미순이 물었다.

"애가 몇이냐?" 나는 그때 결혼도 안 한 터라 "없다!" 그랬다. 미순이 이어 말했다. "너는 영화배우처럼 유명해졌더라. 신문에도 나고." "내 얼굴을 봐라. 내가 배우 같냐!" 슬프지도 않은 영화를 보고 울어 대더니 뭔 뚱딴지 같은 소리래 싶어 팩, 화를 냈다. 밥 먹으러 들어간 기조암에서 미순은 가장 양이 많은 소바 정식을 시켜서는 따복따복 다 먹었다. "안 먹냐?" 하더니 내 것까지 떠다 먹었다. 우동이고 밥이고 장아

찌고 간에 어떻게나 따복따복 떠먹는지 영화관에서 슬프게 울어 대던 사람이 맞는가 싶었다. 내가 물었다. "근데 아까 너 왜 울었어?" "그렇게 슬픈 영화는 첨 봤다!" 더 얄궂어진 내가 물었다. "어느 장면이 그렇게 슬프디?" "다아." "다아?" "그래, 다아!" 나보고 미순은 "니가 나보다 돈 더 많으니까 밥 값 니가 내라" 했다. 그러잖아도 낼 참이었지만 말본새가 얄미워 "니가 옛날에 나 영화 보여준 그 값이다! 이걸로 셈 다 했다!"라고 토를 달며 밥값을 냈다.

　　그 뒤 또 시간이 1년이나 지나서였을 것이다. 다른 사람에게 미순이가 소아 당뇨로 아이를 잃었다는 얘기를 전해 들었다. 헤아려 보니 미순이가 갑자기 내게 전화를 걸어와 〈내 친구의 집은 어디인가〉 보러 가자!" 한 그 즈음이었다. 나도 모르는 새 돌이킬 수 없게 된 일이 한둘이겠냐마는 한동안 미순이 눈에 밟혀 속으로 '미순아, 미순아' 불러보곤 했다. 미순아, 혹 이 글 읽으면 영화 보러 가자고 또 전화해 주라. 전화번호 그대로다.

감독 압바스 키아로스타미 | **출연** 무하마드 레자 네마자데, 아마드 아마드 푸르

사카린 같이 스며들던 상처야!

애정만세 | Viva L'Amour | 1994

신윤동욱 〈한겨레21〉 기자

'오늘은 기필코 한 놈 건져 보리라.' 2001년 9월 어느 날, 집에 들이시자마자 황급히 컴퓨터를 켠다. 채팅 사이트가 뜨자, 밀려들던 졸음이 후딱 달아나 버린다. 먼저 '지역'과 '나이'를 입력한다. 경기, 30.

다음은 닉네임을 정하는 순서. 머뭇거린다. 머릿속에서 온갖 단어들이 다툰다. 먼저 '파졸리니'가 떠오른다. 안 돼, 이 닉을 썼다간 어제처럼 파리 날리기 십상이지. 탁탁탁탁……. 손끝으로 자판을 퉁기며 자못 심사숙고에 빠져든다. 순수사랑? 쪽팔려. 지금 바로? 너무 노골적이야. 아, 나를 살짝 드러내면서 놈들에게 어필할 이름은 정녕 없는 걸까? 비탄에 빠질 무렵, 구원처럼 떠오르는 네 글자, 애정만세. 유레카! 그래. 차이밍량을 아는 놈이라면 채팅 시간을 허비해도 아깝지 않지. 설령 그 영화를 몰라도 날 '사랑밖에 난 몰라' 쯤으로 오해할 거 아냐? 애인 구하는 사이트에서는 딱이야. 양날의 칼이라고. 오케이! Enter.

재빨리 대화자의 닉을 일별한다. 애정만세가 눈에 띈다. 내 닉이군. 스친다. 일단 눈에 확 들어오는 닉 없음. 다시 꼼꼼히 닉을 살핀다. 애정만세, 서울, 28. 어? 나 말고도 애정만세가 있었네? 아, 이건 신의 계시야. 섣부른 확신에 찬 손가락이 서둔다. "닉이 똑같네요." 쪽지가 날아가고 곧바로 1대 1 대화방이 만들어진다.

애정만세 차이밍량 좋아하시나 봐요.

애정만세 네.

애정만세 〈애정만세〉 주인공 이름 기억나세요?

애정만세 여자는 메이였는데…….

애정만세 남자는 시아오강하고 아정.

애정만세 어떤 장면이 젤 기억에 남아요?

애정만세 …….

시시껄렁한 대화가 이어진다. 아무리 질문 세례를 퍼부어도 '놈'의 대구는 "네"와 "글쵸" 사이만을 오락가락한다. '아닌가 보군…….' 이른 체념과 함께 〈애정만세〉를 내 인생의 영화로 만든 그때 그놈에 대한 기억이 스멀스멀 기어오른다. 20대 중반의 내가 '평생 다시없을 사랑'이라고 호언장담케 만들었던 놈. 으르고 구슬리고 애원하고 협박까지 했으나 끝끝내 나를 거절했던 놈. 〈애정만세〉를 보러 가자고 약속해놓고 바람맞힌 놈. 95년 가을 어느 날, 난 충분히 쓸쓸해질 준비를 하고 극장의 어둠 속으로 스며들었다.

어떤 침묵은 처절한 비명이란 사실을 그때 처음 알았다. 부동산업자 메이, 길에서 옷을 파는 아정, 납골당을 파는 시아오강. 마음 둘 곳 없는 청춘들이 낮에는 타이베이 거리를, 밤에는 빈집을 떠돈다. 무엇보다 시아오강을 잊을 수 없다. 메이이 아정이 정사를 나누는 텅 빈 아파트의 침대 밑에서 숨죽여 흐느끼던 시아오강. 끝내 아정을 향한 시아오강의 마음은 '말하지 못한 내 사랑'으로 남았다. 그리고 내내 먹먹했던 가슴에 마지막 카운터블로, 롱테이크가 찾아왔다. 메이는 공원 벤치에 털썩 주저앉아 하염없이 울었다. 메이의 어깨처럼 내 어깨도 주체하지 못하고 들썩이고 있었다.

애정만세를 부르지 못하고, 20대 후반의 봄날이 갔다.

물론 그놈도 잊혀졌다. 잊고 나니, 그 시절의 '오버'가 더없이 민망해졌다. 그리고 올 여름, 간만에 또 다른 놈에게 매혹당했다. 어느새 서른 살이었다. "오 행복행복행복한 항복/기쁘다 우리 철판 깔았네"(최승자, '삼십세') 그놈을 괴롭히는 나의 슬로건이었다. 결국 최후 통고가 날아들었고, 그날 혼자서 〈봄날은 간다〉를 보러 갔다. 한바탕 통곡을 해보겠다는 심사였다. 영화비가 아깝지 않을 만큼.

가끔씩 코끝이 시큰해지기는 했으나, 끝내 울음은 터지질 않았다. 오히려 상우가 심각해질 때마다 키득키득 웃음이 새어 나왔다. 그가 한껏 애처로운 눈길로 "사랑이 어떻게 변하니?"라는 대사를 읊을 땐 "암마, 사랑이 어떻게 안 변하니?" 하고 면박을 주고 싶을 정도였다. 도통 순정에 몰입하지 못하는 내가 기특하고도 징그러워졌다. 집에 돌아와 허수경의 시, '봄날은 간다'를 다시 읽었다.

사카린 같이 스며들던 상처야

(……)

안타까움보다 더 광포한 세월아

순교의 순정아

나 이제 시시껄렁으로 가려고 하네
시시껄렁이 나를 먹여 살릴 때까지

철판 깐 얼굴에, 시시껄렁의 나날에, 애정만세의 몰입이
다시 찾아올까? 설마.

감독 차이밍량 | **출연** 양귀매, 이강생

잠들지 않는 한여름 밤의 악몽

싸이코 | Psycho | 1960

심재명 | MK픽처스 이사. 〈접속〉 〈조용한 가족〉 〈그때 그사람들〉 제작

우리 집에 '아직도' VCR 기기가 없던 시절, 영화 감상의 기쁨을 누리기 위해선 참고서 산다고 거짓말하고 삥한 돈으로 살금살금 극장을 찾거나 주말의 명화로 만족해야 했던 그 시절 얘기다. 단언컨대 나는 '주말의 명화' 세대다. 단 한 주도 빠지지 않고 본 주말의 명화 때문에 영화에 대한 턱없는 꿈을 키웠고, 제라르 필립이나 몽고메리 클리프트를 사모하며 이성상의 토대를 마련했으며, 중1 때 읽은 여성지 부록 '스타 스토리'에서 본 엄지손톱만 한 배우의 얼굴을 처음 움직이는 모습으로 접할 수 있었다. 단 한 대뿐인 TV 때문에, 부모님에게 눈총을 받으며 토요일 밤늦게 안방에 빌붙어 영화

를 봐야 했던 그때의 난, 지금의 10대에 비하면 정말이지 '남루한' 10대였다.

〈싸이코〉. 잡지 따위에서 읽어서 익히 알고 있었던 히치콕이나 앤서니 퍼킨스의 명성 때문에 나는 겁 없이 그 영화를 고3 어느 여름날 밤, 보고 말았다. 처음엔 도망친 마리온과 노만의 러브스토리를 상상하며 이들의 치정극쯤 되지 않을까 상상했던 나의 철없는 기대는 그 유명한 샤워 신에서 처절하게 무너졌으며, 눈을 가릴 새도 없이 영화사에 영원히 기록될 그 끔찍한 '명장면'을 보고 말았다. 삐익삐익 아니 *끄으끄*으 거렸던 현악기의 음향효과는 내 머릿속을 스윽 긁어 버렸고, 이후 영화는 반전에 반전……

존재하는 줄 알았던 엄마가 사실은 그에 의해 박제됐으며 모든 살인이 그에 의해 저질러진 것을 알았을 때, 그만 숨이 멎는 줄 알았다. 그야말로 나는 히치콕에게 완전히 농락당한 셈이다. 그날 밤을 꼴딱 새웠다. 나의 시신경은 몇 시간 전에 본 엽기적이고 충격적이고 음울한 영상의 잔영들에 젖어 잠들지 못했고, 그때 함께 방을 쓰던 바로 밑 여동생은 나의 어처구니없는 행동 때문에 괴롭힘을 당했다. "제발 자지 마. 너마저 잠들면 나는 어떡하니?" 거의 애원과 협박을 오가며 동생을 고문(!)했고, 결국 졸음에 겨워 벽에 기댄 채 깜박 잠이 든 그녀의 머리에 찬물을 부어 버렸다. 〈캐리〉에서 친구들에게 돼지피 세례를 받았던 시시 스페이섹처럼 그녀는 똘아이 언니 때문에 한밤중에 물벼락을 맞아야 했다. 지금도 그녀는 가끔 그 얘기가 나오면 혀를 차며 한심하다는 듯 나를 비웃지만, 정말이지 이 지면을 빌려 다시 한번 그때 미안했노라고 사과하고 싶다.

그 밤을 꼬박 지새우고 동이 트자마자 집을 나서 학교로 향했다. 뭔가 다른 곳에 가면 기분이 전환될 것 같은 기대에…… 물론 그 아침에 갈 곳이 또 어디 있겠는가. 학교에 가니, 이른 아침 3학년 7반 교실엔 오직 나뿐이었다. 헉! 텅빈 교실, 내 자리에 앉아 그놈의 감독을, 앤서니 퍼킨스를, 그 영화를 보고 만 나를 저주하고 또 저주했다. 드디어 교실엔 하나 둘씩 학생들이 들어차고 태양이 중천으로 떠올랐다. 일요일 낮, 그제서야 고단한 내 머리를 책상에 박고 침을 흘리며 잠이 들었다. 내 남루한 10대에, 〈싸이코〉는 그렇게 검은 커튼을 드리우며 나를 괴롭혔다(!).

20년이 흐른 지금도 나는 잠잘 때 전기스탠드라도 꼭 켜놓아야만 잠이 오고, 낯선 곳, 낯선 호텔의 방수가 되는 샤워 커튼이 달린 욕실에선 절대 샤워를 하지 못한다. 물론 내 집 욕조에 샤워 커튼을 달 생각은 더더구나 눈곱만큼도 없다. 꽉 짜인 이야기 구조와 이중적이고 복잡한 심리묘사, 천재의 재능이라고밖에 달리 말할 수 없는 영상의 구성으로 아로새겨진 공포 영화의 걸작 〈싸이코〉는, 지금 〈스크림〉이 전세계의 10대를 열광시키듯 그때 그 시절의 나를 농락했고, 비웃었고, 또한 사로잡았다. 피가 낭자하는 난도질을 일삼으면서도 넘어지고, 자빠지고, 여주인공의 주먹에 턱이 돌아가기도 하는 우스운(?) 살인마가 등장하는 〈스크림〉은 비명을 지르면서도 키득거릴 수 있고 팝콘을 씹으며 무릎을 칠 수도 있는 신세대형 공포 영화다. 청바지 주머니에 손을 찔러 넣고 현관을 가볍게 뛰어넘으며 다가오는 청년 노먼 베이츠의 미소 뒤엔, '자신의 욕망은 더럽고 추한 것'이어서 억눌러야만 하며 그래서 자신의 욕망을 부추긴 상대방을 '무서운 어머니'를 빌려 난자해야 하는 '사이코' 노먼의 청춘이 자리잡고 있다. 그러하기에 그것은 〈스크림〉의 10대보다 훨씬 더 '무겁고' 그만큼 더 '가엾다'!

공부 잘해야 하고, 순진해야 하고, 말 잘 들어야 착한 소녀라고 끊임없이 강조했던 '무서운' 부모님과 오빠 밑에서 엄청난 상상력과 감수성이 가위에 눌려 무기력하고 멍청하게 10대를 살았던 나 역시, '부모님을 실망시키면 안 돼. 넌 왜 그리 못난 생각만 하지?' 하는 위협적인 마음속 속삭임에 공포를 느껴야 했다. 〈싸이코〉는 내 마음속 저 밑바닥에 숨어서 어두운 그늘을 드리운 채 삶의 윤리와 규범을 강요하는 부모님과 웃어른과 학교를 미워하고 두려워했던 내 청춘의 또 다른 이름이다. 그리고 어느덧 나도, 기성세대가 돼 버렸다.

감독 앨프리드 히치콕 │ **출연** 앤서니 퍼킨스, 자넷 리

그리고, 가슴앓이가 시작되었다

거미여인의 키스 | Kiss of the Spider Woman | 1985

오지혜 | 배우, 연극 〈지하철 1호선〉 〈잘 자요 엄마〉, 영화 〈와이키키브라더스〉

날 과거로 데려다 주는 몇 개의 타임머신이 있다. 며칠 내내
바짝 마른 날씨가 계속되다가 한바탕 시원한 소나기가 지나
가면, 길 위의 흙냄새와 비냄새가 뒤섞인 독특한 냄새가 난
다. 그 냄새는 언제나 날 열두 살 언저리, 처음 그 냄새를 느
꼈던 어느 날로 데려간다. 또 식탁 행주질을 하다 보면 가끔
물비린내를 맡는다. 그럴 땐 어김없이 내 기억은 열네 살 즈
음으로 날아간다. 어느 날, 어머니께서 불쑥 "그릇에서 물비
린내가 난다"고 하셨다. 그 말을 들었을 때 '시적인 표현'이
라 생각했는데, 그것은 지금까지 지워지지 않는 인상으로 남
아 있다. 이렇듯 책이나 영화도 제목을 들으면 내용이 술술

떠오르면서 동시에 그 책, 그 영화를 봤을 때 자주 갔던 곳, 만나던 사람, 당시의 뉴스들이 생각난다. 내겐 유난히 과거로의 여행을 부추기는 영화가 있다. 윌리엄 허트가 동성애 연기로 칸 영화제와 오스카 남우주연상을 받아 널리 알려진 라틴 아메리카의 정치 영화 〈거미여인의 키스〉다.

민주화 운동으로 온 나라가 들썩이던 1987년, 대학에 들어갔다. 대학 신입생 시절은 온통 고등학생 때 미처 '못 해봤던 일'을 해보느라 정신이 없었다. 파마에 귀걸이를 하고 뾰족구두를 신고 미니스커트도 입어가며 잔뜩 멋을 부리기도 했다. 또 학보 우편 발송 때 묶는 띠종이 안쪽에다 편지를 쓰면 우표 값이 절약된다는 것을 알고 재미있어하기도 했다. 석달쯤 지났을까. 그런 일에도 흥미를 잃게 됐고 뭔가 허전했다. 대학 생활이란 게 이런 것만은 아닐 텐데 하는 생각이 내내 머리끝에 붙어 다녔다. 그러다 2학기에 접어들었다. 캠퍼스는 온통 대통령 선거 후보 문제로 격론이 벌어졌고, 그때서야 비로소 난 진정한 대학 생활과 내가 원했던 눈빛을 가진 사람들을 만날 수 있었다. 내 대학 생활을 이끌어 준 몇몇 선배들을 만났고, 선배들이 권하는 책과 가서 꼭 보라는 마당극이며 각종 인권 영화들을 섭렵하게 됐다. 그 멋진 선배들 중한 사람 때문에 심한 가슴앓이를 시작한 것도 그때의 일이다.

그 즈음 동국대 연극영화과 대학원(난 중앙대 연극영화과를 나왔다)에서는 상영이 금지됐거나 흥행성이 없다는 이유로 수입이 안 된 예술 영화들을 들여와서 어설프게나마 자막도 넣어 상영을 하고 있었는데, 거기서 〈거미여인의 키스〉를 처음 봤고 그 선배도 그날 거기서 처음 보았다.

그날 이후 난, 그 선배 손에 이끌려—일방적으로 쫓아다 녔다고 해야 옳다—참 많이도 돌아다녔다. 서강 커뮤니케이션 영화센터는 물론이고 독일문화원, 프랑스문화원 등에서 자막도 없는 지루하기 짝이 없는 영화들을 행여나 하품하는 걸 들킬까봐 조마조마해하며 무수히 봤다. 어느 날 명동성당에선 난생 처음 최루탄 맛도 보았고, '광주 비디오'를 보면서 머릿속에 '시신'이 나는 경험도 했다. 첫사랑은 다 그런 것일까. 그가 하는 건 모두 옳은 일이었고, 그가 하는 말들은 고스란히 나의 행동 지침이 되었다. 그러다가 무슨 계기로 이 영화를 다시 한번 보게 됐는데, 다시 본 이 영화는 감동보다는 고통과 혼란으로 다가왔다. 그 선배를 비롯해 내게 처음으로 '프롤레타리아 문학'을 소개한 선배들은 사람 사는 세상을 만들기 위해 개인적인 감정 따위는 잠시 접어 두어야 하는 거라 얘기했지만, 난 투사가 되기엔 너무 나약했고 오직 짝사랑에만 관심이 있었기 때문이다.

정치범 발렌틴(라울 줄리아)을 사랑한 강간범이자 동성애자 주인공 모리나(윌리엄 허트)는 사람 사는 세상을 꿈꾸는 사람들과 그들을 억압하는 사람들 사이에서 충분히 이용당한 뒤 죽임까지 당한다. 도와주려는 건데 죽이다니 너무 섭섭했다. 진심으로 자기를 사랑한다는 걸 알면서도 친구이면서 애인인 사람을 올가미 속으로 던져 넣은 그 정치범의 태도가 혼란스러웠다. 그 뒤, 이 영화는 비디오로 출시됐고 서너 번 더 봤다. 몇 번씩 봤던 건 스토리나 메시지 때문이기도 했지만 배우인 나로선 윌리엄 허트의 기막힌 연기를 보는 즐거움이 더 컸다. 그때만 해도 동성애에 대해 열린 시선을 갖게 해주는 통로가 없었고, 특히 '호모 연기' 하면 으레 여자 흉내를 내는 남자의 모습만 떠올랐을 뿐이었다. 그런데 그의 연기에서 '아, 참 여자 같다'가 아니라 '저 사람, 정치범을 진심으로 사랑하고 있구나'라고 느낄 수 있었다. 여자 연기를 한게 아니라 사랑하는 사람 연기를 한 건데 다만 상대가 남자였을 뿐이었다.

아무튼 요즘도 난 그 선배와 가끔 연락을 하며 지낸다. 선배는 대학 시절 권력의 시녀라고 흉봤던 방송사에서 일하고 있다. 그리고 내게 삶의 기준을 보여줬던 여러 선배와 동료들은, 누구는 연예인 매니저가 됐고, 누구는 양아치가 됐고, 누군 연애 이야기를 쓰는 작가가 됐으며, 이른바 '용공 학생'이었던 한 선배는 지루한 조감독 생활에 버거워하면서도 열심히 영화감독 수련을 하고 있다. 모두들 적당히 '속물'들이 됐지만 난 더 이상 혼란스럽지 않다. 그리고 이런 생각도 든다. 〈거미여인의 키스〉를 보며 뜨거운 가슴과 차가운 이성을 가지려 노력했던 나의 스무 살 시절을 돌이켜 보면 내가 사랑했던 건, 그 선배가 아니라 그 선배를 사랑하는 내 자신이 아니었을까 하는 생각 말이다.

감독 헥터 바벤코 **|** **출연** 윌리엄 허트, 라울 줄리아

내 친구의
집은 어디인가

우리는 나란히 앉아 〈내 친구의 집은 어디인가〉를 보았다. 좋은 영
화이지 슬퍼서 울 영화는 아닌데 영화를 보는 내내 미순인 울었다.
처음엔 숨죽여 울더니 나중엔 딸꾹질 비슷한 소리까지 내며 우는 것
이었다. (……) 그 뒤 또 시간이 1년이나 지나서였을 것이다. 다른 사
람에게 미순이가 소아 당뇨로 아이를 잃었다는 얘기를 전해 들었다.
헤아려 보니 미순이가 갑자기 내게 전화를 걸어와 "〈내 친구의 집은
어디인가〉 보러 가자!" 한 그 즈음이었다.

__신경숙 | 소설가

이 영화를 보면서 캘리포니아의 기나긴 여름을 보상받는 듯한 느낌이었다. 적어도 이 영화 속에는 그때 내가 코미디에 대해 고민하던 모든 해답이 있었다. 코미디 영화의 구조, 코믹 캐릭터가 어떻게 리얼리티와 관계 맺는가, 한 장면 안에서의 코미디적 긴장, 코믹 효과의 극대치를 위해 영화적 정보를 조정하는 방법, 유기적 연출과 코미디와의 관계, 익살을 일지 않으면서도 우아할 수 있는 대사, 그리고 그것과 긴장하는 시각적 코미디.

육상효 | 영화감독

뜨거운 것이 좋아

사랑의 이름으로

매디슨 카운티의 다리 | The Bridges of Madison County | 1995

유시민 | 국회의원 《부자의 경제학 빈민의 경제학》 《WHY NOT?》

남녀 간의 사랑, 삶에서 딱 한 번 확실하게 일어난다고도 하는 진짜 사랑의 느낌, 그 실체는 무엇일까. 생물학적으로 보면 그것은 본능의 실현 과정에서 가끔 나타나는 일종의 부대 효과에 지나지 않는다. 유전자를 퍼뜨려 영속시키려는 본능 말이다.

　　동물학자 최재천 교수의 말에 따르면 이 본능을 실현시키는 수컷의 전략은 기회가 나면 언제 어디서나 암컷을 유혹하는 것이다. 되도록 널리 씨를 퍼뜨려야 우수한 암컷과 조우할 가능성이 있기 때문이다. 반면 암컷은 우수한 수컷만 골라 받는 전략을 구사한다. 아무 수컷이나 덜컥 받아 버리면 더 나은 선택을 할 기회가 당분간은 사라지기 때문이다. 사람도 예외는 아닌 것 같다. 왜, 그런 말 있잖은가. "어떤 사내가 열 계집을 마다하랴." 수컷들은 성공적인 짝짓기를 위해서라면 천적의 먹잇감으로 찍힐 위험까지도 기꺼이 감수하는데, 도처에서 정적들이 눈을 부릅뜨고 지켜보는 가운데 살아가는 빌 클린턴이나 제시 잭슨 목사 같은 정치·종교 지도자들조차도 이런 판국이니 보통의 수컷들이야 일러 무엇하리요.

남녀 간의 사랑에 관한 한 '문명은 억압'임에 분명하다. 일부일처제를 근간으로 하는 '문명사회'에서는 한 번 짝을 지은 자는 다른 암컷이나 수컷을 넘보아선 안 된다. 간통죄니 혼인빙자간음죄니 하는 괴상한 처벌 제도가 없는 사회에서도 부부의 울디리를 넘어서는 짝짓기에는 '불륜'이라는 명예롭지 못한 딱지와 유·무형의 사회적 불이익이 따른다. '진짜 사랑의 느낌'으로 맺어지는 짝짓기도 이 규제의 그물에서 풀려나지 못한다. 그런데 이 '진짜 사랑의 느낌'이 언제 어느 곳에서 누구에게 일어날지 모르고, 또 영원히 지속되지도 않는다는 데 문제가 있다. '검은 머리 파뿌리 되도록' 함께 살 것을 요구하는 가족 제도와 규범이 사랑을 더 이상 아름다울 것 없는 습관으로 만들기도 하고, 정말 아름다운 사랑을 비난받아 마땅한 탈선 행위로 만들어 버리기도 하는 것이다.

이렇게 말하는 나도 참 나쁜 놈이다. 이 여자 저 여자 건드려 보고 싶긴 한데, 간통죄니 불륜이니 하는 법률과 규범 때문에 뒤가 찜찜해서 그런다고 솔직하게 말할 일이지, 수컷의 본능이니 사랑의 느낌이니 그 무슨 막 되먹은 소린가 말이다. 그런데 사실 이건 내 독창적인 생각이 아니다. 할리우드 영화의 선동에 놀아나서 그런 거다. 그 영화란 다름 아닌 〈매디슨 카운티의 다리〉. 클린트 이스트우트가 권총이 아니라 니콘 카메라를 든 내셔널지오그래픽의 사진기자 로버트로, 여배우는 예뻐야 한다는 고정관념을 뒤집은 메릴 스트립이 미국 아이오와주 시골 마을 농사꾼의 아내 프란체스카로 등장해서 딱 나흘 동안 사랑하고 영원히 헤어진, 그런 좀 고리타분한 영화다.

독일서 귀국한 직후인 98년 봄쯤일 게다. 어느 술자리에서 누가 물었다. 근자에 본 영화 가운데 기억에 남는 게 있느냐고. 이 영화를 거론했더니 반응이 제각각이었다. 뜨악한 표정으로, 그런 영화가 다 있냐며 눈으로 물어온 건 20대. 보진 않았지만 괜찮은 영화라는 말은 들었노라고 비위를 맞춘 건 30대. 나이 마흔을 오래 전에 넘긴 선배만이 그윽한 눈길을 보내왔다.

결혼은 사랑의 느낌을 습관화된 일상으로 전환하는 가

장 빠르고 확실한 길이다. 그런데도 사랑의 이름으로 하루라도 빨리 거기에 들어가려 안달하는, 그런 단계에 있는 사람이라면 함께 떠나자는 로버트의 제안을 눈물로 거절한 프란체스카의 대사를 알아들을 수 없을 것이다. "영원히 당신을 사랑하면서 내 모든 걸 다 바치고 싶어. 하지만 난 알아. 내가 당신을 따라나서면 우리의 사랑도 지금과는 달라질 거라는 걸."

부부가 아이를 키우면서 함께 공부하느라 독일 유학 첫 3년 동안 단 한 번도 극장에 가지 못했다. 아내의 생일을 핑계로 아이를 이웃에 맡기고 처음 본 영화가 바로 〈매디슨 카운티의 다리〉였다. 흥행에 실패한 탓에 개봉 얼마 뒤 마인츠 시에서 세일 근 프린체스 기노에서 쫓겨난 이 영화를 나는 아내와 함께 시내 분수대 뒷골목 재개봉관 키노 카피톨에서 감상했다. 우리가 영화관에 들어섰을 때 관객이라고는 할머니 한 사람밖에 없었다. 낭패였다. '아이코, 이런! 잘 모르는 동네에서는 사람이 많이 꼬이는 데를 가렸는데. 간만에 보는 영화인데 완전히 잘못 짚었군.'

하지만 잘못된 것은 영화가 아니라 이런 선입견이었다. 잘났지만 많이 늙은 이스트우드와 예쁘진 않아도 매력 있는 메릴 스트립은, '사랑의 느낌'이 결혼이라는 제도와는 무관하게 존재하며, 그런 사랑은 아무리 짧은 것일지라도 가족에 대한 희생과 헌신과 최소한 같은 무게의 진실과 아름다움을 지닌다는 것을 보여준다. 아니, 사실 사랑은 짧은 것이라야 영원히 아름다울 수 있다고 말했는지도 모른다.

영화가 끝나고 불이 켜졌다. 처음에 하나뿐이던 관객은 둘로 늘어 있었다. 시신을 화장해서 로버트의 육신이 재로 뿌려진 로즈먼 다리에 흩뜨려 달라고 유언하는 프란체스카까지. 두 할머니는 그런 모습으로 의자에 붙박혀 있었다. 흐르는 눈물을 연신 훔치면서.

감독 클린트 이스트우드 ｜ **출연** 클린트 이스트우드, 메릴 스트립

이것이 코미디다!

뜨거운 것이 좋아 | Some Like It Hot | 1959

육상효 | 영화감독. 〈아이언 팜〉 〈달마야, 서울가자〉

코미디란 무엇인가. 나의 미국행 화두는 이런 것이었다. 수오 미시 유키의 〈셸 위 댄스〉나 리쳐드 커티스의 〈네번의 결혼식과 한번의 장례식〉 같은 영국 코미디, 혹은 리안의 데뷔작 〈결혼 피로연〉 등에 달아오른, 한 번도 장편 영화을 만들어 보지 못한 감독 지망생의 경쟁심에 미국행은 크게 기인했다. 우리도 우리 식의 우아한 코미디를 만들어 볼 수 없을까라는 고민의 시작은 미국행 비행기에 오를 때쯤 나당연합군을 물리치러 황산벌에 나가던 계백의 그것처럼 내 딴에는 거의 역사적 사명감으로 변해가고 있었다.

그러나 막상 미국에 와서도 아무도 코미디는 이것이라

고 가르쳐 주는 사람이 없었다. 서른다섯이라는 나이에 누구에게 크게 가르침을 받는다는 기대는 없었으나 누군가 최소한의 가이드라인은 던져 주지 않을까 생각했다. 수업 시간마다 서툰 영어로 훌륭한 코미디를 만드는 게 꿈이라고 주장했지만 아무도 관심을 기울이지 않았다. 공부가 고독한 건 새삼스럽지 않았다. 학교 도서관과 마을 도서관, 그리고 이런저런 비디오 가게를 찾아다니며 나 혼자 공부를 시작했다. 공부가 별 게 있겠는가. 코미디를 보는 것이었다. 그런 면에서 한국에 대한 미국의 비교 우위는 압도적인 것이었다. 채플린은 한국에서도 많이 봤지만, 버스터 키튼과 해럴드 로이드는 신나는 발견이었다. 자크 타티의 예술적 코미디에 막스 브러더스나 보브 호프의 초기 코미디, 그리고 프레스톤 스터지스의 사회적 코미디까지 섭렵했다. 그래도 코미디가 뭔지는 확실하게 잡히지 않았다.

　　그런 코미디 관람의 거의 마지막 선택이 〈뜨거운 것이 좋아〉였다. 한국에서 별 주의를 기울이지 않고 한 번 본 적이 있는 이 영화에 대한 나의 첫인상은, 그냥 평범한 대중 코미디였다. 아마 마을 도서관에서 그때 더 이상 볼 코미디 영화가 남아 있지 않았을 거다. 무심히, 아주 무심히 그냥 비디오 데크에 걸었던 이 영화는 전혀 새로운 느낌으로 다가왔다. 이 영화를 보면서 캘리포니아의 기나긴 여름을 보상받는 듯한 느낌이었다. 적어도 이 영화 속에는 그때 내가 코미디에 대해 고민하던 모든 해답이 있었다. 코미디 영화의 구조, 코믹 캐릭터가 어떻게 리얼리티와 관계 맺는가, 한 장면 안에서의 코미디적 긴장, 코믹 효과의 극대치를 위해 영화적 정보를 조정하는 방법, 유기적 연출과 코미디와의 관계, 익살을 잃지 않으면서도 우아할 수 있는 대사, 그리고 그것과 긴장하는 시각적 코미디.

빌리 와일더가 이 영화를 만든 감독의 이름이었다. 그는 그때까지 내게 〈선셋 대로〉, 〈이중배상〉을 만든 필름누아르 감독이었다. 그해의 나머지는 빌리 와일더의 영화를 보는 것에 비쳐졌다. 심지어 학교 수업도 빼먹어 가면서. 〈아파트 열쇠를 빌려드립니다〉, 〈연인이여 돌아오라〉, 〈7년 만의 외출〉, 〈비장의 술수〉 등등. 심지어 그의 필름누아르들도 다시 보았고, 그것들조차 얼마나 그의 코믹 센스에 영향받고 있는지 느낄 수 있었다.

그의 코미디는 인간은 어차피 비루하고 결점투성이일 수밖에 없다는 데서 출발한다. 그의 코믹 인물들은 〈뜨거운 것이 좋아〉의 마릴린 먼로처럼 색소폰 주자와 사랑에 빠져 인생을 망치거나 〈아파트 열쇠를 빌려드립니다〉의 셜리 매클레

인처럼 "나의 가장 큰 문제는 언제나 잘못된 장소에서 잘못된 사람과 사랑에 빠지는 것"이라고 주장한다. 빌리 와일더는 모든 시나리오를 직접 썼는데, 그의 대사들은 항상 코미디적인 함의들이 반복을 통해 절묘하게 영화 속에서 기능한다. 그는 늘 사람의 눈처럼 인공적인 것이 없는 카메라 앵글을 좋아한다. 그런 자연스런 앵글 속을, 내 의견으로는 유성영화 시대 최고의 코미디 배우 잭 레먼이 누빈다. 그의 코미디 연기는 언제나 주체할 수 없는 익살과 슬픔이 절묘하게 혼합돼 있다.

혹시 이것을 확인하고 싶은 독자가 있다면, 〈아파트 열쇠를 빌려드립니다〉에서 사랑하는 여자가 직장 상사와 자신의 아파트에서 밀회를 즐기는 동안 극장 앞에서 커다란 화장지 박스를 주머니에 넣고 코를 풀면서 그 여자를 기다리는 잭 레먼의 모습을 상상해 보라. 영화사가들이 흔히 언급하는 〈뜨거운 것이 좋아〉의 명장면은 두 개이다. 마릴린 먼로가 이 영화에 처음 등장하는 기차역 장면에서 증기 기관차의 수증기가 마릴린 먼로의 엉덩이로 뿜어지는 장면과 "누구도 완전하지 않아"라는 말로 끝나는 이 영화의 기가 막힌 엔딩. 전자는 간단한 시각적 악센트로 여주인공의 육감적인 캐릭터를 절묘하게 강조해낸 실례이고(이보다 더 유명한 장면은 〈7년 만의 외출〉의 지하철 환풍구 장면이다), 단언하건대 이 끝 장면은 드라마적 긴장이 어떻게 간단한 코믹 대사로 완벽하게 종결될 수 있는가에 대한 가장 완벽한 해답이다.

감독 빌리 와일더 | **출연** 마릴린 먼로, 잭 레먼, 토니 커티스

프랑스 영화처럼

남과 여 | A Man and a Woman | 1966

윤석호 | 프리랜서 드라마 PD. 〈가을동화〉〈겨울연가〉〈여름향기〉

"가을날 비올롱의 긴 흐느낌 소리 스며들어, 마음 설레고 쓸 쓸하여라." 까까머리 중학교 시절, 시를 좋아했는데 어느 날 《세계의 명시》를 펼치다가 울컥했던 베를렌의 '가을의 노래' 라는 시 앞부분이다. '비올롱'이 뭔지는 몰랐어도 '가을날'과 '긴 흐느낌'이란 단어가 가슴을 휑하게 할 만큼 잘 어울린다 는 생각에 울컥했다. 나중에 비올롱이 바이올린의 불어식 표 기임을 알았고, 불어의 시적인 언어에 끌렸다. 종점 다방에서 설탕 듬뿍듬뿍 넣어서 커피를 보약처럼 마시던 시절엔, 책에 서 보던 '카페테리아', '아틀리에', '테아트르'라는 불어에서 도 무드가 느껴졌다. 불어에 대한 동경으로 대학 때는 상송

동아리에 들어 안 되는 혀를 굴려가며 이브 몽탕의 '고엽', 에디트 피아프의 '장밋빛 인생'을 불러댔고, 그건 내 18번이 되었다. 더벅머리를 하고서 경복궁 앞 프랑스문화원 지하 극장에서 보았던 프랑스 영화는 왜 또 그렇게 아득하고 감미로웠던지……

내 청춘도 사랑으로 아득하던 어느 날 보게 된 영화가 클로드 를르슈 감독의 〈남과 여〉다. 설명이 필요 없을 만큼 프랑스 영화 하면 첫손가락에 꼽히는 영화다. 여주인공 아누크 에메의 지성미와 고상함은, 지하철 통풍구에서 치맛자락을 펄럭이며 100만 달러짜리 각선미를 자랑하고 샤넬 No.5가 잠옷이라는 섹시 심벌 마릴린 먼로도 우아하게 배반한다. 한여름에도 추울 것 같은 여지 이누크 에메의 우수와 공허에 가득 찬 눈빛에 빠져들었고, 로맨틱하고 서정적인 프란시스 레이의 음악의 감미로움에 빠져들었다. 자동차 유리창 위에선 와이퍼가 세찬 빗줄기를 쓸어 내리고, 차 안에선 남과 여, 그 묘한 사랑의 떨림들이 이어지고……. 이 모두가 프랑스풍의 동경을 채우기에 충분했다. 그 뒤에 드라마 PD가 되어서도 때려 부수고 뒤집어엎는 걸로 제작비를 팡팡 쏟아 붓는 할리우드 액션 영화보다는 디테일 하나를 잡아내는 프랑스 영화를 좋아했다.

〈남과 여〉는 남편과 사별한 스크립터 여자와 자동차 레이서인 남자가 어린 자녀들의 기숙사를 오고가다 만나게 되고, 서로 사랑하지만 과거 사랑했던 흔적 때문에 주저하다가 라스트 신에서 재결합한다는 내용이다. 그다지 극적이지도 않은 평범한 줄거리다. 대다수 프랑스 영화가 그렇듯 대단한 서사 구조가 없어도 영화의 독특한 영상 기법이 색다른 소스 맛으로 영화를 버무려낸다. 〈남과 여〉도 절제된 대사에 시적인 영상미, 그 속에서 쓸쓸하게 혹은 감미롭게 넘실대는 프란시스 레이의 보사노바풍 멜로디, 그리고 고독한 미인 안느 역의 아누크 에메와 외로운 남자 장 루이 역의 장 루이 트랭티냥의 디테일한 표정 연기, 컬러와 흑백을 경계 없이 넘나드는 독특한 몽타주, 이 모든 것들이 따로국밥처럼 따로 놀지 않고 섞어찌개처럼 잘 어우러져서 감성에 호소한다.

특히 기억에 남는 건 비 오는 날 여자가 기차를 놓치고 처음으로 남자 차에 탔던 장면이다. 남자가 라디오를 트니 우스꽝스런 음악이 흘러나오고 남과 여는 픽하고 웃으며 비로소 어색한 기운을 털어 내는데, 심리적 디테일이 살아 있었다. 바닷가에서 각자 어린 딸과 아들을 안고 있을 때 여자 손을 잡으려다 마는 남자 손의 클로즈업……. 그리고 그 뒤 차 안에서 남자가 여자의 손을 잡을 때 아누크 에메의 표정을 거의 1분 정도 롱테이크로 놓는데, 그 표정의 디테일이 무척 인상적이었다.

영상과 음악, 심리적 디테일의 3박자가 들어맞는 프랑스 영화를 좋아하다 보니 1996년 드라마 게임을 연출하게 됐을 때 아예 제목을 '프랑스 영화처럼'으로 정하고 단막극을 만들었던 기억이 난다. 〈남과·여〉는 논리보다 감각에 호소하고 작지만 오래 남는 소품 같은 영화다. 아직 부족하지만 언제나 〈남과 여〉처럼 아름다운 사랑 이야기를 만드는 것이 나의 소박한 꿈이다.

핸들을 잡으면 살랑대는 봄 햇살에 매일 오가는 길을 벗어나 이정표를 무시하고 어디론가 달려가고 싶은 계절이다. 사랑, 그건 유효 기간이 얼마 되지 않는 하찮은 화학반응 정도라 하더라도 이 봄날, 안느로부터 날아온 사랑의 전보를 받아 들고 6,000km 거리를 액셀러레이터 밟아 여자한테 달려가는 장 루이가 돼 보고 싶진 않은지. 인생 한 방, 사랑 한 방을 외치는 시대지만 그렇게 달려간 바닷가에서 안느를 발견하고도 달려가지 않고 헤드라이트 불빛을 백사장에 깜빡이며 한 템포 쉬어가는 뜸 들이는 사랑을 하고 싶지는 않은지. 기차역으로 여자를 떠나보내고 이대로 끝낼 것인가 고뇌하다가, 기차를 갈아타는 역에 먼저 마중 나가 기차에서 내리는 놓쳐 버린 사랑을 붙들고 싶진 않은지. 왜냐하면 연분홍 치마가 봄바람에 휘날리며 봄날은 갈 것이고, 세월은 우리 곁에 그리 오래 머물러 줄 만큼 친절하지 않으므로……

감독 클로드 를르슈 | **출연** 아누크 에매, 장 루이 트랭티냥

7일 동안 하는 거 아니었어?

7일 간의 사랑 | Man, Woman and Child | 1983

윤제균 | 영화감독. 〈두사부일체〉 〈색즉시공〉 〈낭만자객〉

이 영화는 고3 때 나의 가장 친한 친구 병찬이가 처음으로 여자 친구를 사귀게 됐는데 야한 영화를 보고 싶다고 하도 지랄을 해서 그래도 영화에 대해서는 좀 아는 내가 고심 끝에 선택한 것이었다. 하루에 한 번 사랑하기도 힘든데 니미, 7일 동안 X라 사랑만 한다면……. 으아, 이것은 분명 〈애마부인〉과는 쨉이 안 되는 울트라 캡숑 짱 영화임에 틀림없는 줄 알았다.

부산 온천장 스파극장, 영화 상영 뒤 10분 경과

영화 내용: 주인공 마틴 쉰이 아내에게 자신이 프랑스

교환교수로 있던 시절 처음으로 외도를 했던 사실을 실토하고, 그때 그 여인이 자신의 아들을 낳아 기르고 있었는데 그 여인은 죽었고 그녀의 아들이자 자기 아들인 필립을 데려오고 싶다고 말하고 있다.

영화에 서서히 빠지기 시작하는 제균과 은미, 서서히 불안해지는 병찬.

병찬 (짜증) 아, X팔! 와 빨리 안 하노.

제균 좀 기다리 바바. 금방 하겠지.

영화 상영 뒤 한 시간 경과

영화 내용: 공원 구석에서 마틴 쉰이 자신이 아빠인 줄 모르는 아들에게 처음으로 자신이 아빠였다는 사실을 얘기하며 눈시울이 붉어지고 있다.

그런 슬픈 장면에 제균과 은미는 목이 메고, 병찬은 서서히 미쳐가기 시작한다.

병찬 (게거품을 물고) 와, 도라 삐겠네. 새꺄, 이기 머꼬.

제균 (목이 메어) 좀 기다리 보라니깐.

영화가 끝날 때쯤

영화 내용: 아내의 반대로 아들을 프랑스에 돌려보내기 위해 공항에 도착한 마틴 쉰, 아들과의 눈물겨운 작별 인사를 하고 아들 필립은 처음으로 마틴 쉰에게 "아빠"란 말과 함께 "사랑해요"라는 말을 건넨다. 목이 메는 마틴 쉰.

극장은 이미 눈물 바다로 변해 있고, 감수성 예민한 필자와 은미는 흐르는 눈물을 주체하지 못하지만 옆에서는 병찬이의 코고는 소리가 드르렁드르렁 울리는데……

은미 (마틴 쉰을 가리키며) 저 배우 연기 너무 잘한다.

제균 (눈물을 훔치며) 저 사람이 찰리 쉰 진짜 아버지 아이가.

은미 찰리 쉰이 누고대?

제균 〈탑 건〉 할 때 나오는 놈 아인나.

은미 아……

제균 (잠든 병찬을 툭 치며) 야, 가자!

병찬 (흐르는 침을 닦으며) 끄……끝났나?

글을 마치며

내 사춘기 때 나의 가슴을 가장 크게 울렸던 〈7일 간의 사랑〉은 내게 이렇게 우연히 다가왔다. 내용은 어찌 보면 지

극히 상투적이지만 아버지와 아들이라는 피에 얽힌 얘기를 참으로 디테일하게 잡아낸 수작이다. 이 영화를 보며 나는, 크고 거대한 이야기뿐만 아니라 작고 평범한 얘기라도 그것을 얼마나 섬세하게 다듬느냐에 따라 더 큰 감동을 이끌어 낼 수 있다고 생각했다. 문제는 디테일인 것이다.

참고로 나는 고3 때까지 찰리 쉰과 톰 크루즈를 동일 인물로 착각하고 있었고, 이 지면을 빌려 병찬이 여자 친구 은미에게 찰리 쉰은 〈못 말리는 람보〉에 나오는 배우임을 알리고 싶다. 한 가지 더 당부드린다면 영화 수입 관계자들께서는 위와 같은 오해가 생기지 않도록 영어 제목을 한글 제목으로 변경할 때 좀 더 신경을 써 주셨으면 한다.

P.S.

위와 비슷한 경우가 한 번 더 있었는데, 그 영화의 제목은 '백야'였다. 그때 나는 '백야白夜'가 신혼에서의 '초야初夜'를 한 100번쯤 하는, 뭐 그런 영화인 줄 알았다.

감독 딕 리처드 **출연** 마틴 쉰, 블라이스 대너

그냥 아홉 번, 그림 때문에 다섯 번

벤허 | Ben Hur | 1959

이두호 | 만화가, 《임꺽정》《머털도사》《객주》

열네 번이나 본 영화가 있다. 윌리엄 와일러가 감독하고 찰턴 헤스턴이 주연을 맡은 〈벤허〉다. 내가 이 영화를 처음 본 것은 고등학교 때였으니 1961년인가 2년쯤으로 기억하는데, 전국 중·고등학생 사생대회에 참가차 서울에 왔다가 대한극장에서 봤다. '70mm 대형화면', '완전 입체 음향', 이런 문구와 함께 입체감나게 쓴 'Ben Hur'라는 거대한 극장 간판에 이끌려 그 당시 학생 입장료로는 꽤 비싼 50원을 주고 극장에 들어갔다. 정말 화면도 컸고 음향도 대단했다. 상영 시간도 보통 영화의 두 배나 되어 중간에 휴식 시간까지 있었으니 나한테는 충격 그 자체였다. 영화가 시작될 때 'Ben Hur'란 타이틀과 함께 배경에 깔리는 미켈란젤로의 벽화 '천지창조'는 참으로 신비로웠고, 나사렛 밤하늘에 반짝이는 수많은 별들을 보니 마치 내가 하늘에 떠 있는 듯한 느낌이 들었다. 예루살렘으로 입성하는 로마 군단의 긴 행렬과 그들을 원망스럽게 바라보는 사람들을 보니 마치 내가 그 현장에 있기라도 한 것처럼 느껴졌다. 노예선에서 살아온 벤허가 어머니와 동생의 소식을 물으면서 에스더에게 고함을 칠 때는 여기저기서 놀란 관객들의 비명이 들렸다. 아홉 대의 전차가 경기장을 달리는 장면에선 정신을 못 차릴 지경이었고, 벤허의 전차와 멧살라의 전차가 서로 부딪치고 깨지는 소리는 경기장의 구경꾼들 함성과 뒤범벅이 되어 정녕 입체 음향이라고 자랑할 만큼 가슴이 터질 듯한 흥분을 느끼게 했다. 영화를 다 보고 극장을 나왔을 때는 세상이 전차 바퀴처럼 빙글빙글 도는 것 같았다.

나는 고등학교를 야간으로 다녔다. 그땐 가끔 전기가 나가서 석유램프나 촛불로 공부할 때도 있었다. 그럴 때면 선생님께서 곧잘 이야기를 해주시곤 했는데, 평소에 별말이 없던 내가 이야기를 자청하고 나서곤 했다. 물론 〈벤허〉 이야기였다. 대구에서는 아직 영화를 상영하지 않았을 때라 온갖 미사여구를 다 동원하고 손짓 발짓 효과음까지 요란을 떨었다. 친구들은 무척 재미있어했다. 그 덕분에 〈벤허〉가 대구에서 개봉됐을 때는 해설자로 이 친구 저 친구한테 끌려 다니며(?) 세 번을 봤고, 나중에는 학교에서 단체관람까지 갔는데 그때도 빠지지 않았다. 나 때문에 본의 아니게 영화를 세 번이나 보게 된 내 단짝 녀석은 끝내 코를 골았지만……. 그리고 지금은 내 마누라가 되었지만 그때는 까만 교복 차림의 여고생이었던 마누라와도 세 번이나 봤으니, 장면은 물론 대사까지 줄줄 외울 정도였다. 나중엔 루 월래스가 쓴 소설《벤허》까지 사 봤다. 소설은 지루했다. 멧살라가 죽지 않고 벤허는 아들까지 낳았다. 어쩌고저쩌고 엿가락처럼 늘어지는 기분이었다. 영화에서는 그런 가지를 다 쳐 버렸다. 각색을 참 잘했구나 싶었다.

〈벤허〉를 여덟 번 볼 때까지는 그냥 재미로 봤는데, 그 뒤 다섯 번을 더 보게 된 것은 순전히 그림을 그리기 위해서였다. 어느 출판사에서《줄리어스 시저》그림책을 만드는데 나한테 그림을 그려 달라는 것이었다. 나는 〈벤허〉를 더 보기로 했다. 대사니 줄거리니 이미 다 아는 것이긴 했지만, 집과 사람들의 모양과 차림을 눈여겨봤고 로마 병사들의 투구와 장교들의 투구를 비교하면서 관찰했다. 집정관 퀸투스 아리우스가 벤허에게 구출되어 갑옷을 벗을 때도 눈여겨봤다. 전차의 생김새와 경기장의 구조도 따지면서 봤다. 필럭이는 망토의 아름다움도 눈에 들어왔고 고관들이 걸치고 있는 토가의 멋도 느껴졌다. 그런저런 관찰로 그림은 무난히 그릴 수 있었다. 안토니우스가 시저의 머리에 월계관을 씌우는 모습을 그릴 때는 총독 빌라도가 경기에서 우승한 벤허의 머리에 월계관을 씌우는 모습을 떠올렸고, "부르터스, 너마저!" 하고 외치던 시저의 최후를 그릴 땐 총독 관저에서 열렸던 파티장 모습이 참고가 되었다.

그런데 그로부터 열일곱 해가 지난 1980년에 내가 〈벤허〉를 만화로 그리게 될 줄은 정말 몰랐다. 화가가 내 목표였고 그래서 서양화과를 다녔고 만화가가 되겠다는 생각은 단한 번도 해본 적이 없던 내가 만화를 그려서 생활하게 된 것은 1968년 군에서 제대를 한 뒤였다. 스포츠 만화, 공상과학 만화 등등 주어지는 여건대로 부지런히 만화를 그렸다. 그러나 화가가 되고 싶은 꿈을 버리진 못했다. 갈등이 심했다. 화가냐? 만화가냐? '그래! 이번 한 번만 더 〈벤허〉를 만화로 그리고 난 다음에 꼭 우리 것을 주제로 만화를 그리자!' 말하자면 이 다음부터는 바지저고리만 그리는 만화가가 되기로 결심한 뒤 그린 것이 《벤허》였다. 소년 잡지에 64쪽짜리 부록으로 6개월 동안 그렸다. 여느 때처럼 콘티를 따로 짤 필요도 없었다. 그냥 만화용 도화지에 바로 쓰고 그림을 그렸다. 내 머릿속에는 〈벤허〉의 모든 것이 저장되어 있었으니 그냥 그대로 뽑아 쓰면 되었다. 다만 영화는 영화고 만화는 만화인 만큼 영화에는 없는, 칼 가는 것이 직업인 칼칼고라는 아이를 등장시켰다. 첫 회가 나가자 반응이 굉장히 좋았다. 영화하고 똑같다는 사람도 있었고 더 재미있다는 아첨꾼도 있었다. 그런데 참으로 이상하게도 연재를 끝내고 나자 〈벤허〉는 깡그리 내 머릿속에서 사라졌다. 결코 잊으려 한 것도 아닌데 늘 내 머릿속에 선명하게 새겨져 있던 〈벤허〉가 마치 불투명 비닐이라도 씌운 것처럼 흐릿해져 버린 것이다. 전차경기가 끝난 뒤 멧살라가 죽어 가면서 마치 녹슨 파이프를 통해 저주하는 것처럼 내던 그 쉰 목소리도, 벤허의 야수 같은 모습도 다 잊어버린 것이다. 만화 연재도 끝내고 아들 녀석이 초등학교에 다닐 무렵 처음으로 가족이 함께 극장에서 다시 한번 〈벤허〉를 봤다. 그래서 모두 열네 번을 본 것이다.

감독 윌리엄 와일러 | **출연** 찰턴 헤스턴, 잭 호킨스, 스티븐 보이드

나의 청춘을 지배한, 너!

타부 | Taboo | 1980

이성욱 | 《씨네21》 기자

이장호 감독이 젊은 시절에 자기를 몹시 괴롭혔던 두 가지 중 하나가 성욕이었다고 말한 걸 어디선가 읽었다. 하나는 기억 나지 않지만 다른 하나가 성욕이었다는 게 뚜렷이 떠오르는 건 너무나 공감가는 말이었기 때문이다. "10대와 20대의 너를 지배했던 8할은 성욕이었다"라고 신이 말한다면, "좀 과장하셨네요"라고 항변할지언정 부인할 재주는 없을 것 같다. 그 성욕의 기억을 거슬러 오르다 보면 맨 앞자리에 포르노 영화가 도사리고 있다.

81년 봄, 중학 2학년의 까까머리는 포르노라는 충격적인 '유사 기록영화'에 발을 디뎠다. 화창했던 토요일 오후,

어떤 연유였는지 모르겠지만 그다지 친하지 않던 같은 반 친구 집에 놀러갔다. 그 집 안방에는 VCR이란 처음 보는 기계가 놓여 있었고, 친구는 장롱 속 와이셔츠 상자에 가득 찬 테이프들 가운데 하나를 꺼내서 한 토막을 보여주었다. 오오, 이럴 수가. 저걸 저기에 저렇게 넣고는 저렇게 하는 거구나. 앞으로, 뒤로, 서서, 앉아서……. 이럴 수가! 입으로도 하는군. 나에겐 '전율'이란 단어를 쓰기에 딱 적절한 상황이었다. 멍하고 있던 사이, 옆에 있던 외교관 아들이라던 친구의 친구는 돈까지 쥐어 주며 "좀 더, 좀 더 보자"고 조르고 있었다. 욕구를 몸으로 발산하는 현장을 목격한 뒤 내 몸은 달라져 있었고, 대학에 들어가서 첫 여자 친구와 첫 경험을 하기까지 그 긴 시간을 자위로 버티는 건 확실히 고역이었다. 그 사이 나에게 포르노를 본다는 건 부족하나마 성욕의 대리 충족이었다.

이때부터 길고도 처참한 '포르노 순례'가 시작됐다. 그 친구의 집에서 올리비아 뉴튼 존이 기막히게 예쁘게 나오는 〈그리스〉나 사이버 캐릭터가 처음으로 등장한 〈트론〉 등의, 당시로서는 진귀한 영화도 볼 수 있었지만 그런 걸 제대로 감상할 여유가 없었다. 고등학교를 졸업할 때까지 8mm 영사기를 가진 또 다른 친구의 집으로(친구의 부모님이 다른 용도가 전혀 없는 이 기계를 왜 구입했을까 당시에는 이해할 수 없었다), 오락실 뒤편 구석방에서 500원에 한 편씩 틀어 주던 사설 비디오방으로, 심지어 겨울날 젊은 아줌마가 1,000원을 받고 틀어 주던 평범한 가정집의 싸늘한 냉방으로 전전하고 다녔다. 물론 포르노를 악마적 바이러스로 취급하는 법망을 피해 지하 유통망에 선을 대는 건 쉬운 일이 아니어서, 평일에는 교과서를 붙잡고 주말에는 교회에서 여학생들과 건전한 친교 시간을 보내는 우등생이자 모범생으로 대부분의 시간을 보냈다.

이 와중에 어디선가 마주쳤던 게 포르노의 걸작 〈타부〉였다. 행위 자체에 몰두해 그 짓을 지루하게 반복하던 다른 포르노들과 질적으로 달랐다. 캐릭터와 스토리, 화면의 속도 등 영화의 온갖 요소를 다루는 솜씨가 보통이 아니었다. 근친상간이라는 주제 역시 예외는 아니었다. 이웃집 남자와 부정을 저지르는 엄마는 자기 가족에겐 한없이 엄격한데, 반항적이던 딸이 이웃집 남자의 은밀한 타액을 가져다 엄마에게 모욕을 주고는 아빠와……

그건 성욕을 무작정 착취하려 드는 여느 포르노와 분명히 달랐다. 웬만한 영화 못지않은 연출력을 보여준 〈타부〉는 '포르노에서 누가 스토리를 찾아?' 라는 상식을 깨 주었고, 누군가 정해준 금기를 '요것 봐라' 하며 과감히 깨 버리는 현장을 목격한 첫 사례가 되었다. 〈타부〉를 모작한 수많은 포르노가 쏟아져 나왔지만 〈타부〉를 능가하는 작품을 이제껏 보지 못했다. 금기의 선을 넘는 행위에서 고혹적인 쾌감을 치환해 내는, 이렇게 고도로 계산된 영화를. 제도와 도덕을 이렇게 무섭게 조롱하는 영화를.

〈쉘 위 댄스〉와 〈으랏차차 스모부〉를 만든 수오 마사유키 감독을 비롯해 일본의 몇몇 뛰어난 감독들이 핑크 영화로 불리는 소프트 포르노에서 영화 인생을 시작했다는 걸 알게 됐을 때, 충분히 그럴 수 있겠다고 자연스레 받아들였던 건 〈타부〉에 대한 기억이 컸던 탓이다.

누군가 나름대로 기구한 우리 집안을 들여다보고는 "4남매 중 한 명은 초록물고기가 나올 만한데 신기하게 그렇지 않네"라고 감탄한 적이 있다. 나를 여전히 지배하는 이데올로기는 유물론이지만, 인간이란 게 참 오묘해서 환경이 사람을 완벽히 좌지우지하지는 못한다고 나는 믿는다. 포르노의 세계에 빠졌으면서도 강간 충동을, 〈타부〉에 감탄사를 연발했으면서도 근친상간의 욕구를 느껴본 기억이 없다.

포르노 순례기가 나만의 특별난 경험이었을 리 없지만, 특별난 믿음은 갖게 해주었다. 청소년을 그리 우습게봐서는 안 된다는 거다. 누구나 겪어봐서 알듯이 청소년의 감수성은 격정적이어서 그만큼 위태로워 보이는 게 사실이지만, 그들을 무조건적인 보호와 격리의 대상으로 보는 건 또 하나의 파쇼로 보인다. 청소년의 욕구를 인정하고 존중하지 않으면서 그들을 보호하겠다는 건 위선이다. 어른스럽게 대접한 만큼 어른스러워지는 게 아닐까.

서른이 넘어서야 나를 마구 휘둘러대던 성욕과 친구처럼 지내게 됐다. 삐딱한 성교육 선생이 되어준 포르노에서도 비로소 풀려났다. 그러기까지 너무 많은 시간이 걸렸다.

감독 커디 스티븐슨 | **출연** 케이 파커, 도로시 르 메이

내 영화의 시작

레즈 | Reds | 1981

이송희일 | 영화감독. 〈슈가힐〉〈굿 로맨스〉〈나랑 자고 싶다고 말해 봐〉

내가 〈레즈〉를 본 것은 94년이었다. 2년 만에 처음 본 영화였다. 아니, 정확히 말해 중간쯤에 남몰래 숨어서 보았던 영화 〈사랑과 영혼〉을 제외한다면 5년 만에 영화를 접해본 셈이었다. 영화는 결국 부르주아 매체라는 당시의 앳된 신념은, 몰래 수업 빼먹고 포복으로 운동장을 빠져나와 개봉관으로 달려갔던 고등학교 시절의 내 영화감독 꿈도 쉽게 단념케 했고, 누구 한 명 나무라지 않을 게 분명한데도 몇 년 만에 선후배들 몰래 찾아 들어간 극장에서 〈사랑과 영혼〉을 보며 전혀 동감할 수 없는 한 여성 관객의 흐느낌을 들으며 자괴감에 빠지게 하기도 했다.

그럼 내가 투사였냐 하면, 그건 그 소리를 들으면 날 아는 사람들이 분명 웃어 나자빠질 만큼 난센스 같은 질문이다. 난 그저 맹숭맹숭한 관념론자에 지나지 않았다. 지금 역시 그러하고. 하지만 94년 가을쯤이던가, 학술 세미나를 빙자해서 우연찮게 보게 된 〈레즈〉는 영화 속의 탁 트인 설원의 경치처럼 그간 내 속에 켜켜이 쌓여 있던 막막함을 일거에 물리치는 힘을 가지고 있었다. 역설적이게도, 크렘린에 입성한 존 리드를 환영하느라 노동자들이 불렀던 인터내셔널가보다는 러시아혁명 이후의 고요한 불만들을 목도하는 존 리드의 흔들리는 시선이 바로 그 예기치 못했던 힘의 근원이었다. 그리고 94년 겨울, 난 책 한 권과 팬티 두 장을 들고 영화를 공부하기 위해 서울행 기차를 타고 있었다.

영화 〈레즈〉는 미국의 급진적 사회주의 사상가 존 리드의 생애를 다루고 있다. 그는 1917년 러시아혁명을 묘파한 《세계를 뒤흔든 10일》의 저자이면서, 나중에 크렘린에 안장된 유일한 미국인이기도 하다. 영화는 존 리드가 맑스주의를 받아들이는 시점부터 시작해서, 혁명 이후 러시아로 건너가 저널리스트로 활동하며 느꼈던 복잡한 심경과 그의 죽음에까지 이른다.

내 눈에 비친 존 리드는 모호한 인간이었다. 그칠 줄 모르는 혁명에의 열정, 그리고 혁명 이후에 점차 부상하는 또 다른 권력에 대한 씁쓸한 물러섬을 동시에 느꼈던 그는 여전히 '뭔가'를 기다리고 있는 자의 모습이었다. 물론 그것은 흔해 빠진 내러티브일지 모른다. 〈레즈〉로 감독으로서의 역량을 인정받은 워런 비티 역시 그 양가적 느낌을 표현하기 위해 상투적인 수법을 사용하긴 했다. 그렇지만 존 리드는 기차를 타고 러시아 평원을 질주하며 대중들에게 혁명의 대의를 설파하면서도 정작 그들의 직접적 삶과 욕망에 대해서는 일치된 호흡을 보이지 않았던 볼셰비키로부터 한 발짝 떨어져 '혁명이란 무엇인가'에 대해 진지하게 고민한 인간처럼 보인다. 그는 환멸을 느꼈던 걸까? 오히려 그것보다는 '더 나은, 더 기쁜 혁명'을 원했는지도 모르겠다. 맨발로 출출 수 없는 혁명은 또 다른 억압에 불과하며, 종착역 없이 산개한 정거장들마다 멈추고 달리고 하는 것이 혁명의 운동성이기에 애초에 혁명 같은 건 없다는 내 좁은 소견이 사후 접목된 건지도 모르겠고.

또 그 영화의 매혹을 말할 때 빼놓을 수 없는 것이 존 리드와 브리안의 사랑이다. 우디 앨런의 연인이었다가 〈레즈〉에서 실제로 워런 비티와 연정을 나누었던 다이앤 키튼이 분한 브리안은 공산주의자이면서 여성 해방론자였다. 부끄럼

없이 처음 만난 존 리드 앞에서 훌러덩 옷을 벗어던진 브리안은 나중에 미국의 저명한 희곡 작가 유진 오닐과 바람을 피우기도 했다. 가장 인상적이었던 장면은, 잭 니콜슨이 분했던 유진 오닐과 브리안이 바람을 피우는 것을 존 리드가 목격하는 대목이었다. 오랜 여행을 마치고 온 존 리드는 질투에 눈이 먼 남편의 역할 대신 현관 앞에 들고 왔던 꽃다발을 조용히 놓고 눈밭 속을 걸어가는 것으로 '소유욕 없는 사랑'을 이야기한다.

영화를 보고 난 이후 지금까지 그 장면을 떠올릴 때마다 '과연 나도 저렇게 사랑할 수 있을까?'라고 반문하곤 한다. 그 소유욕 없는 사랑은 말 많은 호사가들이 공산주의와 공창제도, 일부일처제 부정 등을 억지 연계시켜 떠들어대는 것과는 하등 상관이 없어 보인다. 연인을 자신의 소유욕을 초월하는 타자로 존중하며 사랑하는 일, 그것은 생각만큼 녹록치 않은 일이기 때문이다.

94년 서울행 기차를 타고 있던 내가 영화 〈레즈〉에 대해 생각했다, 라고 말하면 드라마적인 거짓말이 될 게다. 하지만 지금 독립 영화를 자처하며 한 편 두 편 계속 영화를 찍어 나가는 와중에 이따금 존 리드의 생애에 대해 생각한다, 라는 것쯤은 솔직히 말해도 될 것 같다. 그렇다고 영화 공부를 위해 보는 걸작들처럼 〈레즈〉를 두 번 세 번 보지는 않는다. 전혀 보고 싶지 않다. 그것은 영화적 완성도와는 별개로, 이따금 자기 생애의 흐름을 헤집는 영화를 만났을 때 두 번 다시 그 저릿한 느낌, 그 두려운 느낌과 조우하고 싶지 않은 그런 비겁한 태도일 뿐이다.

감독 워런 비티 | **출연** 워런 비티, 다이안 키튼

내가 신파에 눈물을?

남과 북 | The North and South | 1965

이영미 | 대중예술평론가. 《흥남부두의 금순이는 어디로 갔을까》 《한국 대중가요사》

우리 또래의 대중문화평론가들과 달리, 나는 외국 영화에 비해 한국 영화에 대한 친근감이 훨씬 강하다. 아마 내가 할리우드 키드가 아니라 허구한 날 텔레비전 드라마와 〈쇼쇼쇼〉에 매달려 있던 '텔레비전 키드'이기 때문일 것이다. 그토록 텔레비전을 껴안고 살았지만 나는 고3 때까지도 저녁 9시가 조금 넘으면 영락없이 쓰러져 버리는 잠벌레였다. 어쩌다 주말의 명화에서 보고 싶은 영화를 하는 날, 눈을 부릅뜨고 기다리다가도 '타미나' 어쩌고 하는 스무 개도 넘는 광고를 보다가 그만 잠이 들곤 했다. 할리우드 키드가 되지 못한 것은 순전히 잠 때문이다.

1991년 몇 명이 모여 공부 삼아, 해방 뒤부터 1960년대까지의 대표적인 한국 영화 서른 편을 본 그 여름, 일주일에 한 번씩 나는 기억도 까마득한 옛날 어릴 적 흑백 텔레비전 앞의 느낌에 푹 젖어 들었다. 화요일이었다. 연도와 요일까지 기억하는 것은, 그해 여름이 나에게 매우 힘든 나날이었기 때문이다. 노동가요 비합법 음반을 제작·배포했다는 이유로 남편은 감옥에 있었고, 몇 달에 한 번씩 잡히는 그 지루한 재판날이 화요일이었다. 재판이 있던 화요일에는 착잡하고 조마조마한 마음으로 지켜보던 재판이 끝나기가 무섭게 문래동 남부지원에서 서초동 한국영상자료원으로 뛰어갔다. 사람들은 그런 기분으로 공부를 하러 온다고 억척이 취급을 했지만, 사실 난 영화의 극적 일루전 속으로 도망가기 위해 기를 쓰고 스크린 앞에 앉은 거였다. 정말 옛날 영화 보는 낙으로 그해 여름을 무사히 넘겼다고 해도 과언이 아니다.

한운사 작, 김기덕 감독의 〈남과 북〉도 그때 본 영화 중 하나였다. "누가 이 사람을 모르시나요"로 시작하는 그 유명한 주제가와 함께 시작하는 바로 그 영화였다.

그 여름, 옛날 영화들을 보던 풍경은 지금 생각해도 흥미롭다. 우리는 공부하는 진지한 자세를 유지했음에도 불구하고, 신파적인 줄거리에 촌스럽기 그지없는 대사투를 들으면서 '심금을 웃긴다'고 킬킬거리다가도, 절정부에서는 영락없이 펑펑 눈물을 쏟으면서 눈이 벌게 가지고 문 밖을 나왔다. 1952년 전선을 넘어 아내를 찾아 남쪽으로 투항한 북한군 소좌 장일구, 그가 찾는 여자는 하필 그를 잡은 부대의 이해로 대위의 아내가 되어 있다. 얼마나 신파적이고 작위적인가. 나를 비롯한 여자들은 신영균, 남궁원, 최무룡 등 지금 남자 배우들에 비해 현격하게 잘생긴 당대 최고의 미남 배우들을 보면서 눈이 즐겁다고 속삭였고, 순박한 장일구 역의 신영균이 날라리 분위기 최무룡보다 훨씬 낫다고, 왜 저 영화가 반공법에 걸리지 않았는지 모르겠다고 농담을 주고받았다. 〈자유부인〉이나 〈맨발의 청춘〉 같은 당시에 세련된 척했던 영화를 보는 날이면 코미디를 보는 것처럼 진이 빠지도록 깔깔거렸다. 〈남과 북〉의 첫 부분, 투항 이유를 묻는 이해로 대위의 질문에 장일구 소좌가 "로미오와 줄리엣을 아는가 물어보갔시오" 하는 폼 잡는 대사, 혹은 48시간 안에 그 여자를 데려다 놓기로 약속할 테니 군사 정보를 털어놓으라는 정책 참모의 말을 장일구가 믿지 않자 그 정책 참모가 "만약 내가 약속을 지키지 않거든 나를 쏴라" 하는 '싸나이' 티 팍팍 내는 대사들은, 지금의 감각으로는 웃음을 참을 수 없게 했다. 그런데도 〈마부〉나 〈상록수〉의 마지막 부분에서는, 머리로는 정말 유치해 죽겠는데 눈에서는 눈물이 줄줄 흘렸고 손수건이나 휴지를 안 가져온 날이면 정말 곤욕을 치를 정도였다. 이 영화에서도 남과 북의 두 남자와 한 여자 엄앵란이 대면하는 장면에서 영락없이 그랬다.

물론 이 영화는 노골적인 신파성이 많이 절제되어 있고, 갑작스러운 북한군의 총격에 대항할 군사 정보 입수를 위해, 이해로 대위의 고통에도 불구하고 장일구의 요구대로 이 대위의 아내가 된 은아를 데려다 놓기로 한 냉혹한 현실 논리의 팽팽함이, 잘 짜인 극적 구성과 함께 빛나는 작품이었다. 하지만 그 비극성의 기조는 아무리 해도 신파였다. "흑흑. 용서하세요. 전 옛날의 은아가 아니에요." "처음부터 얘기했드랬으면 은아 가슴 아프게 하고 형씨 가슴 아프게 하고 내 가슴도 찢어지지 않았을 것 아니오. 이 미련한 새끼를 용서하시라우요. 흑흑." "저는 은아를 사랑한다고 생각했습니다. 하지만 절대로 무너질 수 없다고 생각한 38선을 무너뜨리고 내려온 저 사나이의 사랑 앞에서는 패배감을 느낍니다. 흑흑." 세 명 모두 죄인이고, 모두 자학하고, 모두 흑흑거린다. 그리고 몸부림을 치다 자살한다. 이게 '유치뽕짝 신파'가 아니고 뭔가. 하지만 그러면서도 충분히 공감된다는 사실을 인정하지 않을 수 없다. 1960년대는 물론 지금까지도 남북 이산가족찾기에서 우리는 이런 광경을 눈물 흘리며 목격하지 않았는가.

그렇게 과장되고 비현실적이라고 여겼던 신파가 어떻게 그 엄연하고 냉혹한 리얼리티와 한 덩어리일 수 있는지를 우리는 그해 여름에 생생히 체험했다. 개인의 힘으로는 거역할 수 없는 비극을 양산해 낸 억압적인 역사가 신파를 재생산했고, 신파를 유치해하면서도 아직도 눈물을 찔끔거릴 정도로 우리 사회는 충분히 변화하지 않았음을 깨달으면서, 나는 그해 여름 가슴에 맺힌 것을 눈물과 웃음으로 녹여냈다.

감독 김기덕 | **출연** 신영균, 엄앵란, 최무룡, 남궁원

슈퍼맨! 여기도 좀 봐줘요!

슈퍼맨 | Superman | 1978

이우현 | 영화감독, 〈장남이라서〉〈Saving Mom〉

초등학교 여름방학 때였던 것 같다. 어떤 계기였는지 몰라도
외할머니와 함께 영화를 보게 되었다. 아마도 내가 영화를 보
여 달라고 졸랐을 것이고, 일이 있으셨던 어머니 대신 외할머
니와 함께 가게 된 거겠지. 영등포 연흥극장에서 봤던 그 영
화. 바로 〈슈퍼맨〉이다. 이날 느꼈던 감동이 얼마나 컸던지
당시 나의 일기장에는 이렇게 적혀 있다.

　"오늘 할머니랑 영화를 보았다. 제목은 '슈퍼맨'이었다.
슈퍼맨은 정말 힘이 세다. 그리고 하늘도 날아다닌다. 슈퍼맨
이 악당들을 혼내줄 때는 정말 통쾌했다. 그런데 한 가지 이
상한 것이 있었다. 왜 사람들은 슈퍼맨이 안경을 쓰면 못 알

아볼까? 나도 커서 슈퍼맨처럼 훌륭한 사람이 되어야겠다."

　　마지막 부분은 어린이 세계명작동화의 책임도 있다. 초
등학교 때의 일기나 독후감 등을 보면 항상 마지막 문장은 이
렇게 끝났던 것 같다. 심지어 《햄릿》을 읽고 쓴 독후감의 마
지막 문장 역시 '나도 햄릿처럼 훌륭한 사람이 되어야겠다'
였으니……

　　〈슈퍼맨〉을 본 나의 생활은 자연스럽게 슈퍼맨화되었다.
집안의 빨간 보자기를 뒤집어쓰고서 우리 집 옥상에서 건너
편 옥상으로 날아다닌다거나(?) 먼지를 날리며 달리는 버스
를 따라잡으려 달음박질을 하거나. 하지만 슈퍼맨 놀이의 하
이라이트는 따로 있었다. 보자기를 두르고 지구를 구하던 나
에게 동생이 쓱 다가와 뭔가를 내민다. 그것은 나의 유일한
약점인 클립톤의 파편, 다름 아닌 구슬치기할 때의 파란 구슬
이다. 순식간에 힘을 잃은 나는 바닥을 구르며 괴로워하고 동
생은 사악하게 웃는다. 나는 동생을 설득하기 시작한다. 갖은
회유와 협박에도 굴하지 않는 동생. 나는 마지막으로 박카스
한 병을 제시한다(우리 집은 약국이었다). 그제야 비로소 동
생은 구슬을 주머니에 집어넣는다. 그러면 나는 다시 지구를
구하러 날아가고 동생은 박카스를 마시며 착한 사람이 된다.
지금 생각해 보니 나와 동생 모두에게 이로운 일석이조의 게

임이었던 것 같다.

시간이 지나고 철이 들면서 슈퍼맨은 단지 영화 속에서만 존재한다는 걸 알게 되었다. 그리고 이제 나는 슈퍼맨의 존재를 믿지 않는다. 마치 산타클로스를 믿지 않는 것처럼.

뜬금없이 이런 생각이 든다. 정말 슈퍼맨과 산타클로스가 있다면 얼마나 재미있는 세상이 될까. 1년 동안 울지만 않으면 크리스마스엔 뭐든 가질 수 있는 것이다. 그리고 위험한 일이 생기면 슈퍼맨을 부르면 된다. 그는 1초에 지구를 일곱 바퀴 반이나 돌 수 있다. 만에 하나 바빠서 조금 늦게 도착했다 해도 지구를 거꾸로 돌리면 된다! 더욱 중요한 것은, 그가 육체뿐 아니라 정신력도 엄청나다는 것이다. 그의 복장을 보면 알 수 있다. 보통 사람이 입고 나가면 미친놈 소리를 들을 게 뻔한 파란 쫄쫄이 내복을 입고, 그것도 모자라 바깥에 빨간 팬티를 덧입는다. 거기에 마스크를 하지 않은 맨 얼굴이라는 게 중요하다. 볼 테면 보라는 대단한 배짱. 이런 복장으로 당당하게 밖에 나갈 수 있는 사람은 슈퍼맨과 수다맨밖에 없다. 지구상에 존재하는 모든 영웅들 중 가장 촌스런 패션을 한 그는 역으로 가장 강한 영웅이라 할 수 있겠다. 아, 원더우먼을 빼먹었네. 그녀의 머리에 사뿐히 놓여진 금관이 생각나시는지.

생각해 보니 그는 없으면 안 될 사람이다(산타는 나중에 생각하기로 했다. 안 당하고 살아야 울지도 않을 테니까). 그래서 나는 그의 존재를 다시 믿어 보기로 했다. 지금 그는 어디 있을까. 얼마 전까지만 해도 그는 미국에만 있는 줄 알았다. 그런데 9·11 때 그가 나타나지 않은 걸 보면 잠깐 다른 별에 가 있는지도 모르겠다. 아니면 혹시 다시 누군가와 사랑에 빠져 자신의 능력을 포기했을까. 그럴 리는 없다. 큰일을 할 사람이 사랑 놀음에 빠져선 안 된다는 걸 2편에서 깨달았을 테니. 그럼 지금 그는 어디 있을까?

슈퍼맨! 도와줘요! 여기도 좀 봐줘요! 땅덩이가 작다고 무시하는 거예요? 여기에 당신이 할 일이 얼마나 많은데!

그는 지금 어디 있는 걸까. 바로 내 옆에 있는데 내가 못 알아보는 건가? 단지 안경 하나 때문에 못 알아보고 있는 건가?

감독 리처드 도너 | **출연** 크리스토퍼 리브, 말론 브랜도, 진 핵크만

아버지와 보고, 딸과 또 보고

자전거 도둑 | The Bicycle Thief | 1949

이장호 | 영화감독. 〈바보선언〉 〈바람불어 좋은 날〉 〈나그네는 길에서도 쉬지 않는다〉

아직 영화가 무엇인지조차 알지 못했던 아주 어린 시절에 이미 나는 자신도 모르게 영화적 체험을 수없이 반복했다. 1951년 부산 피난지에 도착한 우리 가족은 임시 거처로 동대신동의 중앙병원으로 기억되는 일본식 적산가옥 2층에서 셋방살이를 했다. 그 집은 큰길가에 있어서 창 밖으로 자동차와 전차가 왕래하는 모습을 볼 수 있어 심심치 않았다. 해가 저물면 거리의 불빛들이 창을 통해 거침없이 방을 습격했고 맞은편 벽면에 변화무쌍한 영상을 비추었는데, 아직 취학 전이었던 나에겐 그야말로 수많은 공상을 떠올리게 하는 은밀한 체험이었다. 가장 강렬했던 것은 가족 모두 자리에 누워 잠을

청하기 위해 불을 껐을 때 침입해 들어온 자동차의 전조등과 전차의 스파크 불빛이었다. 그것은 요란한 소음과 함께 기이한 빛과 그림자를 투영했는데, 가로수와 전신주와 방 안의 여러 가지 정지된 물건들과 함께 어울려 갑자기 생명이라도 불어넣은 것처럼 화려한 그림자놀이를 연출해냈다. 그 도깨비장난 같은 현란한 영상이 사라지고 나면 때때로 찾아오는 어둠과 침묵 속에서 나는 숨죽이고 낯선 방 안의 암흑 세계를 살피다가 무서운 생각이 들어 질끈 눈감아 버렸는데, 그러면 이제는 감긴 눈 저 안쪽, 내 머릿속의 영사실에 온갖 환영들이 엄습하는 것이었다.

이 불 꺼진 방이야말로 나에겐 그 유명한 어둠의 상자, '카메라 옵스큐라'라고 할 수 있지 않을까? 벽에 단 하나 뚫린 구멍으로 빛이 들어오고 구멍 밖 물체의 도립상이 비치는 카메라 옵스큐라의 실험을 나는 영문도 모른 채 이렇게 수없이 반복당하는 어린 시절을 보냈던 것이다.

좀 더 자라서 나는 의도적인 환상 세계를 즐길 수 있었는데, 이번에는 밤이 아닌 환한 대낮의 모노크롬의 세계였다. 그 당시만 해도 길거리나 골목에서 심심찮게 깨진 병의 유리 파편을 주울 수 있었다. 그 색유리 조각을 통해 바라보는 햇빛 아래 세상은 아주 새롭고 황홀했다. 노랗고 파랗고 붉고 푸른 사금파리들이 금세 세상을 딴 색으로 신비하게 바꾸어 놓는 마술에 흠뻑 빠진 나머지 갖가지 색유리 조각을 모으려고 아예 눈을 땅에다 박고 골목길을 누볐다. 나는 지금도 여전히 어린애처럼 영화의 모노크롬의 세계를 좋아한다.

그러나 역시 내 인생에서의 본격적인 영화 경험은 바로 내 아버지에게서 비롯됐다..아버지는 영화 검열관이었다. 집 안 어디서나 필름들을 쉽게 만질 수 있었고, 아버지 옆에 찰싹 달라붙어 "저거 나쁜 나라야, 좋은 나라야?", "왜 그래?", "왜 울어?", "왜 때려?", "왜 도망가?", "어디 가는 거야?", "저건 뭐야?", 묻고 또 묻는 그런 나이였다. 그때 본 영화는 〈뉴욕으로 간 타잔〉, 〈악한 바스콤〉, 〈지미여 영원하라〉, 〈싱고아라〉, 〈길〉, 〈자진기 도둑〉 등등이다. 그중 가장 잊을 수 없는 영화는 〈자전거 도둑〉과 〈길〉이다. 둘 다 2차대전 뒤 이탈리아에서 만들어진 흑백영화들이다. 어른이 돼서도 나는 이탈리아 영화를 아주 좋아했는데 특히 비토리오 데 시카, 페데리코 펠리니, 피에트로 제르미, 루키노 비스콘티를 좋아했다. 그 가운데 펠리니의 영화는 감각적으로 꽤 사랑스러웠지만, 난해한 작품 몇 편은 이해하기 힘들었다.

뭐니뭐니 해도 가장 사랑스러운 감독은 비토리오 데 시카다. 특히 〈자전거 도둑〉은 두고두고 잊지 못하는 영화다.

생계의 유일한 수단인 자전거를 눈앞에서 도둑맞은 가난한 아버지와 어린 아들이 그 자전거를 되찾기 위해 넓고 넓은 도시를 결사적으로 찾아 헤매는 모습은 지금도 눈에 선하다. 특히 마지막 장면에서 결국 다른 사람의 자전거를 훔치다가 발각돼 거리에서 성난 시민들에게 몰매를 맞는 아버지를 보면서 살려 달라고 울부짖는 어린 아들의 모습은 지금 이 글을 쓰는 순간에도 내 가슴을 아프게 찢어 놓는다.

1980년대 초, 내 어린 딸이 내가 이 영화를 처음 보았던 나이가 되었는데, TV에서 〈자전거 도둑〉을 방영했다. 나는 그 영화가 얼마나 아빠에게 의미 있는 영화인지 딸에게 열심히 설명했고, 마치 의식을 치르는 기분으로 딸아이를 무릎에 앉힌 후 함께 감상했다. 내 딸도 내 어렸을 때처럼 똑같이 웃고 분노하고 안타까워하다가 마침내 마지막 장면에선 눈물을 펑펑 쏟아냈다. 그 모습을 확인하면서, 언젠가 또 다시 먼 훗날에 내 딸도 내 아버지처럼 그리고 또 나처럼 자신의 아이에게 이 영화를 보여줄 것이라는 예감에 문득 사로잡혔다. 비토리오 데 시카 감독의 흑백영화 〈자전거 도둑〉은 저절로 우리 가문에서 대를 물려가며 보는 내 인생의 영화로 선정된 것이다.

감독 비토리오 데 시카 ｜ **출연** 람베르토 마기오라니, 엔조 스타이올라, 리아넬라 카렐

슈퍼맨
Superman

영등포 연흥극장에서 봤던 그 영화. 바로 〈슈퍼맨〉이다. 이날 느꼈던 감동이 얼마나 컸던지 당시 나의 일기장에는 이렇게 적혀 있다.

"오늘 할머니랑 영화를 보았다. 제목은 '슈퍼맨'이었다. 슈퍼맨은 정말 힘이 세다. 그리고 하늘도 날아다닌다. 슈퍼맨이 악당들을 혼내줄 때는 정말 통쾌했다. 그런데 한 가지 이상한 것이 있었다. 왜 사람들은 슈퍼맨이 안경을 쓰면 못 알아볼까? 나도 커서 슈퍼맨처럼 훌륭한 사람이 되어야겠다."

이우현 | 영화감독

10년, 20년이 지나도 우리의 사랑은 처음 그
대로 변하지 않을 거라고 검은 머리가 파뿌
리 되도록 백년해로하자고 마음먹었는데, 아
니 그것도 모자라 죽어서 다시 태어나도 우
리 또 결혼하자고 했었는데, 다 철없을 때의
이야기인가? 그날 밤 내린 결론. 그래, 우리의
사랑도 변했다! 그렇게 영화는 완전한 나의
이야기가 되었다. 그래, 사랑이 변하면 끝장
나는 거야.

최영아 | SBS 아나운서

봄날은 간다

배우가 로봇이 아님을 알다

더 록 | The Rock | 1996

이정향 | 영화감독, 〈미술관 옆 동물원〉 〈집으로…〉

난 열네 살 때까지 영화에 대해 완벽한 문외한이었다. 배우 이름 하나 제대로 아는 바 없었고, 극장은커녕 TV에서 하는 주말의 명화조차 본 적이 없었다. 그러다 중1 겨울 기말고사 가 끝난 날, 단체관람으로 허리우드극장에 몰려갔고, 무슨 영화를 하는지도 모르고 극장 안으로 들어선 나는 그 순간까 지도 몰랐음이 틀림없다. 바로 몇 초 후, 내 인생의 항로를 제시해 줄 강렬한 순간을 접하게 되리라는 사실을. 푸른 하 늘을 배경으로 헬리콥터 한 대가 LA로 날아온다. 건물 옥상 위로 착륙하자 근사한 남자가 멋있게 내려선다. 그 이름하야 폴 뉴먼! 〈타워링〉이라는 영화를 본 그날부터 내 인생의 지축

이 각도를 달리했다는 느낌이다. 폴 뉴먼과 연관 없는 것들은 내 관심사에서 떨어져 나갔고 그와 연관된 모든 것들이 내 머릿속에 집을 짓기 시작했다. 차곡차곡 또는 뒤죽박죽. 할리우드의 중견 배우 한 명에 대한 관심이 하루가 다르게 새끼를 치면서 금세 영화감독이 되고 싶다는 포부를 갖게 되었다.

그리고 그 후……. 내겐 영화를 보거나 비디오를 고를 때 절대로 살펴보지 않는 항목이 있었다. 바로 출연 배우이다. 그만큼 배우의 비중을 경시했다는 뜻인데, 미안하지만 정말 그랬다. 배우 한 명 때문에 영화를 사랑하게 되었으면서도 감독으로 꿈을 고정한 이후론 배우에게 눈길 한번 주지 않았다. 영화는 철저히 각본과 감독에 의해 그 질이 판가름난다고 믿었기 때문이다.

내 첫 영화 〈미술관 옆 동물원〉의 초고를 쓴 때는 94년 여름이었다. 난생 처음 못 견디게 무더웠다는 느낌이 들었던 그 여름, 낑낑거리며 그것을 썼는데 남자 주인공의 성격이 와 닿지 않아 마무리를 남겨 놓고 덮어 버렸다. 그러다 1년 반 뒤 다시 펼쳐 손을 봤는데 그래도 뭔가 허전했다. 여주인공은 표현하기 쉬웠는데 남자 주인공은 살아 움직인다는 생각이 안 들었다. 그 사이 내 능력은 전혀 자라지 못했다는 절망감만 안고 꽃 피고 새 우는 봄을 맞이하였다. 그럭저럭 세월을

죽이다 그해 말, 비디오 한 편을 보게 되었다. 부끄럽지만 난 영화광은 물론 아니오. 보통 영화 감상이 취미인 사람보다도 영화를 덜 본다. 그런데 그날은 어쩐 일인지 블록버스터라는 명함을 지닌 비디오를 출시되자마자 보게 되었고, 영화가 시작하자마자 그 영화의 제목처럼 'The Rock'이 되어 그 영화에 단단히 감금되고 말았다. 19년 전 그날처럼.

나보다 나이가 어린 마이클 베이 감독의 겨우 두 번째 작품이라는 점에 질투보다는 존경심을 가지며 공손히 영화를 보았다. 클래식을 연상시키는 듯한 고풍스럽고 장중한 멜로디에 힘을 주는 비트를 깔며 극을 처절하게 또는 긴박하게 받쳐주는 음악, 세 명의 주인공을 대립하게 만들면서도 그들을 다 선인으로 그리고 극의 갈등 요소를 조연들에게서 끌어내어 보는 이들이 이해관계가 각자 다른 주연 세 명 모두를 나름대로 편들게 하는 매력적인 시나리오, 스피디한 액션 영화처럼 보이면서도 군데군데 서정성을 뿌려두는 연출력 등이 꽤 돋보였다. 특히 첫 부분, 장군이 제복 윗도리를 옷걸이에서 빼내는 순간 장례식장의 군인 행렬이 우향우를 하는 장면으로 이어지는데, 그 단순한 운동성 연결 편집 앞에서도 난 고개를 푹 숙였다. 그러나 〈더 록〉을 내 인생의 영화 중 하나로 꼽으며 이 영화를 본 96년 12월 16일을 두고두고 기억하는 가장 큰 이유는 바로 그때 처음 본 에드 해리스 때문이다.

난 이제껏 영화를 보며 딱 두 명한테 반해 봤다. 폴 뉴먼은 나를 영화의 길로 이끌었고 에드 해리스는 배우가, 특히 캐릭터가 얼마나 중요한 요소인지를 깨닫게 해주었다. 그가 연기한 허멜 장군 역은 얼마나 정의롭고 멋있었던가. 지금도 그때 내가 반한 이유가 배우 때문인지 그 역 때문인지 잘 모르겠다. 하여튼 그날 이후 난 사춘기 소녀처럼 에드 해리스가 나온 영화들을 찾아다녔고 뒤늦게나마 〈어비스〉라는 명작도 보게 되었다. 그러면서 점점 내 가치관이 달라지는 걸 느꼈다. 영화를 볼 때 캐릭터에 많은 관심을 갖게 되었다. 그 후 조금 자신이 생겼을 때, 잊고 있던 시나리오를 다시 펼쳤다. 캐릭터에 전에 없던 애정을 가지고 한번 읽어 보았다. 남자 주인공이 왜 미진해 보였는지 조금은 알 것 같았고, 그리고선 내가 생각해도 너무 쉽고도 즐겁게 시나리오를 끝냈다. 벌써 2년 전 일인데도 그때의 신기함이 생생하다. 만약 〈더 록〉이란 영화를 그때 보지 못했다면, 그래서 에드 해리스와 그가 연기한 장군 역에 반하지 않았다면, 〈미술관 옆 동물원〉의 철수는 지금처럼 만들어지지 못했을 거다. 그리고 촬영 내내 배우들의 연기에 최우선의 가치를 두지도 않았을지 모른다. 어쩜 예전처럼 각본과 연출만 좋으면 됐지 하며 캐릭터를 생생히 연기해 내야 하는 배우의 표현력에 무심했거나 너무 관대했을지도 모르겠다.

영화는 살아 있는 사람들이 서로 협동하며 만들어 내는 살 냄새 나는 작업이다. 거의 모든 것은 연출자의 머릿속에서 이미 완성된다고 믿어 온 나의 오만함을 깨부수고, 배우들은 로봇이 아니며 연출자의 요구에 따르면서도 그 위에 자신만의 고명을 덧뿌릴 줄 아는 살아 있는 요소라는 걸 깨닫게 해준 에드 해리스와 그를 만나게 해준 〈더 록〉, 나에겐 참으로 소중하다.

감독 마이클 베이 | **출연** 니콜라스 케이지, 숀 코네리, 에드 해리스

비루함, 20대의 장식

티켓 | Ticket | 1986

이충걸 | 월간 〈GQ KOREA〉 편집장

〈티켓〉을 다시 빌려 보려다가 그만두었다. 방부된 기억이 공기에 노출되면 부식될 것 같아서였다. 스물다섯 살 때 읽었던 하라다 야스코의 《만가》도 그랬다. 며칠 전 그 책을 다시 꺼냈는데, 그게 해피엔드라는 걸 알고는 차라리 막연해져 버렸다. 젊은 기억 속에서 그토록 명징했던 침울함이 한순간 미지근한 식욕처럼 추레해졌으니.

〈티켓〉을 생각하면 11월 같은 황량한 무드가 떠오른다. 낮고 길게 누워 있는 하늘, 빗속에 눅눅해진 고기 비린내. 하지만 그보다는 나의 비루한 20대가 먼저다. 막 제대한 뒤, 독산동 오래된 동시상영관의 젖혀진 모노륨 바닥, 나뒹구는 자판기 종이컵들, 신발 접지면마다 끈적거리던 캐러멜의 시체들, 내 자신, 전선줄을 갉아먹는 설치류 같다는 자의식, 텅 빈속, 창피를 당해도 좋다는 굳은 의지. 하나같이 추잡한 후렴구들로만 둘러쳐진 헤르페스 성병 보균자 같던 나이였다.

그때 〈티켓〉은 건전가요 가사 그 자체였던 친구와 함께 보았다. 그는 〈티켓〉을 아직도 기억하고 있었다.

"이혜영이 커피포트 들고 엉덩이 살랑거리면서 차 배달 나가는데, 남자들이 뒤에서 야유하니까 치마를 살짝 걷어 올려 보여주잖아. 아주 대차게 나오는 장면도 많았어. 여관에서 남자애 뺨따귀를 갈기고, 안소영하고도 싸웠잖아."

"또 다른 건?"

"화면에 비 내렸지, 뭐."

그는 더 어렸을 때 연극 공연장에서 보았던 이혜영을 스크린에서도 보자 살짝 흥분했었다. 그러나 나의 뇌엽 속엔 다른 신이 남아 있었다. 관절 앓기 딱 좋게 꾸물꾸물한 날씨, 다방 문 닫고 지네들끼리 작파해 술판을 벌이던 신 말이다.

모래 바닥에서 기어 올라온 것 같은 김지미가 여급들에게 노래를 시키고, 안소영이 "그저 바라만 보고 있지"라고 어설프게 노래하면 중간에 딱 끊고 들어가 "그래, 내가 그저 바라만 보다가 피본 년이다, 이년아"라며 마음을 추스르지 못하는 목소리로 핀잔을 한다. 전세영이 순진한 목청으로 '인생은 미완성'을 부를 때도 그녀의 목메인 지청구가 급습한다. "니가 무슨 인생을 안다고 미완성이라느니 마느니 지랄이야."

그 장면은 날 철봉에 매달려 있는 것처럼 힘들게 했지만, 이상하게 온화한 기분도 함께 주었다.

좋은 영화를 보지 않는 건 인생의 손실이라는 전혜린의 경구와 상관없이 난 영화 보는 걸 좋아하지 않는다. 영화의 모든 신마다 나의 개인사가 겹쳐 길고긴 장탄식이 비어져 나오고, 워낙 영화에 몰입할 수 없는 성정인데다, 끝나는 시간을 10분마다 확인하느라 수족이 다 고달프니, 〈티켓〉처럼, 안락한 삶의 원형질들을 빠져 달아나게 만들고, 가차 없고, 퉁명스럽고, 또 꾸리꾸리한 영화를 보는 건 그야말로 가슴이 헤질 것 같은 일이었다. 그렇게 매캐하고 꿉꿉한 영화들은 윤락한 타임캡슐로서의 그때 나의 사고 틀을 보여주지만, 지금 나에겐 〈A.I.〉처럼 몽상을 주는 영화가 가장 행복하다.

그때 나는 20대 중반이나 됐는데도, 읽고 보고 겪고 느낀 건 지겹도록 많았는데도, 지적인 면에선 제한된 기능만 보였다. 나는 무감동한 청년이었고, 일생은 비닐 백에 담겨져 있었을 뿐이었다. 그 백 속엔 1초마다 나태와, 감상과 감성 사이의 모호한 이음새와, 불필요한 자책이 구질구질 고여 있었다. 나한테는 냄새가 났다. 탈취제를 온몸에 뿌려도 그 악취는 사라질 것 같지 않았다.

나는 그녀들보다 먼저 몸을 팔 수 있었을 것이다. 내 자신, 끝나 버린 잔치에 찻잔만을 치우는 사람이라고 해도 상관없을 것 같았고, 내 딸이 쇼걸이라고 해도 받아들일 수 있을 것 같았다. 한 편의 영화로 그렇게까지 극렬한 감정들을 불러모으고 나만의 잔치를 벌였던 건, 모든 음조를 소리 내보고 싶었던 나의 순수한 비속함 때문이다. 비루함은 나의 검소한 장식. 그게 나쁘진 않다. 어차피 인생은 이류 호텔에서 보내는 하룻밤만 못한 거니까.

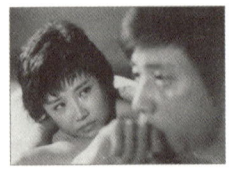

감독 임권택 | **출연** 김지미, 이혜영, 전세영

216

우린 이런 거 언제 쓸까?

빌 머레이의 맥스군 사랑에 빠지다 | Rushmore | 1998

이해준/이해영 | 형제 아님. 시나리오 작가. 〈품행제로〉 각본. 〈아라한 장풍대작전〉 각색

이해영과 이해준, 늦은 밤 작업실에서 깡통 맥주에 천하장사를 안주로 수다를 떨다.

(준) 대관절 어떤 영화가 '인생의 영화' 씩이나 될 수 있는 거야? (영) 어릴 때 아버지 손 붙잡고 본 첫 영화라든지 극장 개구멍으로 들어가서 봤다든지 뭐 그딴 식의 아련한 추억이 묻어 있어야 '인생의 영화' 쯤 되는 거 아냐? (준) 난 아버지하고 안 친했는데……. (영) 아버지하고 친한 아들도 있냐? (준) 뭐 별 거냐. 재밌는 영화가 인생의 영화지. 근데 재밌는 영화가 뭘까? (영) 캐릭터. 사랑할 수 있는 캐릭터가 등

장하는 영화는 다 재밌지. (준) 음, 언제나 해답은 사람이군.

(영) 줄리안 무어. 그 여자는, 기미낀 몸뚱어리 자체가 캐릭터야. 그녀의 기미낀 얼굴에는 '생활'이 보여. 그래서 그녀가 영화에서 아무리 시니컬하고 싸가지 없어도 모두 설명이 돼. 〈쉬핑 뉴스〉도, 〈매그놀리아〉에서도, 긴 설명 필요 없거든. 그냥 '기미' 하나면 돼. (준) 〈쉬핑 뉴스〉에서 주디 덴치도 죽였어. 오빠 유골에 오줌 갈기는 장면에서 빽 갔지. 그러고 보면 할스트롬은 '사람' 이야기를 기똥차게 하는 것 같아. (영) 오줌 하니까 〈엑소시스트〉 생각나네. (준) 중학교 때 AFKN에서 첨 봤다. 카펫에 오줌 갈기는 장면, 십자가로 자위하는 장면……. 그때부터 내가 공부를 멀리했지. (영) 〈엑소시스트〉에서 가장 인상적인 캐릭터는 형사야. 그 쓸데없는 수다들. 영화와는 무관한 잡소리, 그게 더 기묘한 긴장감을 일으키잖아. (준) 그래도 '내 인생의 영화'라기엔 어째 유니크한 맛이 떨어진다. (영) 그래도 〈전함 포템킨〉이나 〈시민 케인〉보단 낫잖아. (준) 나 〈시민 케인〉 안 봤는데. (영) 그러냐? 기본이 안 됐구먼. 짝퉁이야, 짝퉁.

(영) 〈다이 하드〉의 존 맥클레인은 내 최고의 우상이었어. 1편에서 수건으로 겨드랑이 훑는 장면이 있는데, 그게 그렇게 멋있어 보이더라고. 이상하게. (준) 겨드랑이 하니까

〈워킹 걸〉의 해리슨 포드도 기억난다. 사무실에서 밤샌 뒤 커피포트 물로 겨드랑이 쓱쓱 닦고 셔츠 갈아입잖아. 캐릭터와 영화 컨셉을 함축하는 장면이지. (영) 겨드랑이 땀은 뭐니뭐니 해도 스페인 축구 대표팀 감독이야. (준) 음. 크게 졌었었지. (영) 시큼하다. 그만하자. 겨드랑이로 '내 인생의 영화'를 정할 순 없다.

(준) 〈우묵배미의 사랑〉에서 최명길. 왜 여관에서 양말 빨잖아. 그 한 장면으로 그 여자의 모든 게 다 보여. 남루함. 아름다움. 심지어 슬프기까지 하더라니까. (영) 〈오디션〉의 그 여자. 머리 풀고 앉아서 오직 전화만 기다리잖아. 밥도 안 먹고. 화장실도 안 갔을 거야, 아마. 그 지독함이 플롯의 원동력이지. (준) 〈오디션〉은 무서운 영화가 아니라 슬픈 영화다. 흑. (영) 진짜 무서운 영화는 〈터미네이터〉야. 죽어라 쫓는 머리 빈 미스터 유니버스. 그 이상의 캐릭터가 또 있겠냐. (준) 코언의 캐릭터는 모두 훌륭해. 레보스키 봐. 진짜 '위대한 레보스키' 잖아. (영) 다케시 것도 다 훌륭해. 비슷한데, 전부 달라. 죄다 위대해. (준) 〈이보다 더 좋을 순 없다〉는 영화 캐릭터에 한 획을 그었고. (영) 주성치. (준) 죽이지. (영) 우디 앨런. (준) 꽥. (영) 이제 그만 정하자. 목 아프다.

(준) 그거야 이미 정해져 있는 거 아니야? (영) 맥스 군?

(준) 그럼 맥스 말고 더 있어? (영) 없지. 맥스가 최고지. 가장 미우면서도 가장 사랑스럽고, 아주 경솔하면서도 아주 진중한……. 그건 '설정'할 수 있는 캐릭터가 아니야. (준) 권태와 외로움이 뚝뚝 묻어나는 블룸도 좋고, 늘 옆이 비어 보이는 로즈마리도 좋지. 이 영화의 뛰어난 정서는 그들이 뿜어내는 기묘한 코미디, 그 아우라야. (영) 나는 블룸이 로즈마리 집 앞에서 당근을 씹는 장면이 정말 좋아. 오도독오도독. 그 당근 먹는 얼굴 때문에 로즈마리는 블룸을 좋아했을 것 같아. (준) 맥스가 로즈마리한테 키스하려고 덤비는 장면 있잖아. 그게 영화에서 제일 웃긴데, 제일 슬퍼. 맥스는 절실한데 뜻대로 안 되잖아. 절실한데 안 되는 것만큼 슬픈 게 또 있을까. (영) 그 세 캐릭터는 각자 멋대로 움직여. 메인 플롯을 끌고 가는 데에는 무관심해 보일 정도야. 변화무쌍하달까. 그런데도 산만하지 않고 중심이 확실해. 뛰어난 캐릭터의 힘이지. (준) 놀라운 건, 그렇게 많은 이야기의 러닝타임이 93분에 불과한데 각자의 상처가 치유되고, 화해하고, 그들이 성장한다는 거야. (영) 이 영화엔 모든 게 다 담겨 있어. 웃기고, 슬프고, 아름답고, 스산하고, 외롭고. 아, 우린 언제 이런 거 쓰냐? (준) ……내일 쓰지, 뭐. (영) 그치? 오늘은 너무 늦었지?

(영) ……근데, 너 진짜 〈시민 케인〉 안 봤냐? (준) 쩝, 미안.

감독 웨스 앤더슨 | **출연** 제이슨 슈왈츠맨, 빌 머레이

이 맛이 신파다!

영웅본색 | A Better Tomorrow | 1986

인정옥 | 시나리오 · 드라마 작가. 〈여고괴담〉 〈네 멋대로 해라〉 〈아일랜드〉

〈영웅본색〉을 이야기하자. 감독 오우삼, 출연 장국영, 주윤발, 적룡. 제목 알고 감독 알고 배우 알면 이야기 끝났다. 적룡을 몰라도 어떤 영화지 알기엔 지장 없다. 그 흔한 신파 조폭물이다. 착한 깡패인 형은 예쁜 동생을 성심껏 키워준다. 예쁜 동생은 경찰이 된다. 근데 예쁜 동생은 형이 깡패란 사실을 알게 되고 형을 미워한다. 그러다가 형의 깡패 친구를 통해서 형이 착한 깡패란 사실을 알고 형을 껴안고 엉엉 운다. 깡패 친구는 나쁜 깡패한테 죽던가? 근데 2편에서 다시 살아나던가? 어쨌건 주윤발이 죽었다가 다시 살아난다. 주윤발이 절름발이가 되기도 했는데, 그게 1편인지 2편인지 도통 내 기억이 모자란다. 제대로 기억도 못 해내는 영화를 '내 인생의 영화'에 써 대는 나는 참 한심하다. 그럼 예전에 영화 공부 열심히 하던 때 봤던 그 훌륭한 영화들은 제대로 기억해내나? 못한다. 뭐, 그럼 그게 그거다.

이 영화의 주제는 허접하다. 되도 않는 형제애와 의리, 뭐 이런 거다. 아무리 홍콩 누아르니 어쩌니 말 붙이기를 한다 해도 주제가 허접하다는 사실을 속일 순 없다. 〈영웅본색〉의 기억 속 키워드는 딱 세 개다. '영웅본색'이란 제목, 쌍권총, 절름발이. 주윤발의 쌍권총. 무작정 뛰어서 무작정 갈겨 대는데 적들이 무작정 죽는다. 게다가 주윤발의 몸은 적들의 총알 세례로 걸레가 되는데도 안 죽는다. 할 짓 다하고 할 말 다하고 죽는다. 처음엔 어이없어서 입 벌어지다가 나중엔 감탄사 뱉느라 입 벌어진다. 어떤 합리적 사고도 리얼리티도 끼어들 틈이 없다. 중국인들의 뻥은 세상을 지배한다. 또 하나, 주윤발이 끌고다니는 의족. 그 바짓가랑이 안엔 철기둥이 들어 있었나? 아니면 콘크리트였을까? 끌리는 의족이 바닥을 훑는 소리가 너무나 무거웠다. 그 무게를 끌면서 배신한 옛 부하의 차를 닦으며 비굴한 웃음을 흘리는 주윤발의 신파가 재미났다. 아니다, 슬펐다. 이 맛이 신파다.

극장에서 입 벌리고 영화 보고 나와서 아이스크림을 먹

으며 길을 걷다가 난 일종의 사색을 했다. 〈영웅본색〉이 내 안에 총질을 했다. 알았다. 내 안의 경건함과 엄숙함을 박살 내고 신파를 끌어당겼다. 참 시원했다. 영화는 신성한 그 무 엇이 아니란 걸 느꼈다. 80년대 중반에 이 영화를 봤기 때문 일 거다. 그땐 영화든 세상이든 무지 심각하고 리얼했다. 마 땅히 그래야 했던 시기이기도 했다. 사회든 개인이든 가벼워 서는 안 되는 시기가 있게 마련이다. 그러다 보니 그 심각한 세상의 껍질을 핥아먹으며 엄숙주의에서 허우적거릴 수밖에 없었나 보다. 그런데 그 심각함의 겉만 핥아 대느라 그 안의 진지함을 맛볼 새가 없었다. 진지함은 마음에서 일어나는 일 이다. 마음 밖에서 일어나는 심각함이 마음 안의 진지함을 억 누르면 그게 엄숙주의다. 어렵나? 엄숙주의는 엄살주의가 되 기 십상이다. 세상을 가볍게 보고 진지하게 즐겨라.

언젠가 한 기자와 인터뷰를 하면서 심각하다는 것과 진 지하다는 건 다르다는 말을 했다. 대본을 만들며 머릿속이 이 리저리 오락가락할 때도 나는 진지와 심각의 경계를 그어 대 는 일을 놓치고 싶지 않다.

난 심각하고 엄숙하고 고결하고 경건한 사람이 싫다. 제 안에서 진지하고 그래서 몸이 가벼운 사람이 좋다. 아마 도 〈영웅본색〉을 보던 날 그랬나 보다. 영화를, 좀 더 가서 사물을, 좀 더 가서 세상을 가볍게 보고 내 맘대로 깊이 느끼는 버릇이 들기 시작했나 보다. 〈영웅본색〉의 영웅은 세상을 구한 영웅이 아니다. 〈영웅본색〉의 영웅은 세상의 쓸쓸함을 끌어안고 걸어가는 자들이다. 그래서 좋다. 난 세상을 구하는 영웅이 참 부담스럽다.

그런데 그 쓸쓸한 세상을 끌어안고도 살아남은 노란색 영웅들을 봤다. 〈영웅본색〉은 뻥이 아니었다. 지난번 대선에서 총알 세례로 걸레가 되어서도 살아남은 한국형 주윤발을 봤다. 사실 홍콩 주윤발보다는 좀 못생겼다. 하지만 주제 의식은 홍콩판보다 훌륭했다. 재미나고 슬펐다가 다시 재미난 '영웅본색 2002'였다. 그의 쌍권총이 회를 거듭할수록 더 멋지게 쓰였으면 좋겠다.

감독 오우삼 | **출연** 장국영, 주윤발, 적룡

세상에서 가장 부드러운, 디지 '털'

몬스터 주식회사 | Monsters, Inc. | 2001

장민승 | 음악 슈퍼바이저. 〈주먹이 운다〉〈달콤한 인생〉〈태풍태양〉

애니메이션에 대한 나의 좋은 기억 중 대부분은 디즈니와 관련된 것이다. 또래 친구들이 재패니메이션에 매료됐을 때도, 사람들이 디즈니 애니메이션을 정치적으로 올바르지 못하다고 주장했을 때도, 나는 여전히 디즈니 애니메이션에 사로잡혀 있었다.

　분명 〈곰돌이 푸우〉 때문이었을 거다. 유치원 다니던 무렵이던가. 꿀단지에 손을 담근 채 순한 표정을 짓기만 하는 곰 푸우와 소심한 돼지 피글렛, 낙천적이기 그지없는 호랑이 티거, 걱정거리만 안고 사는 당나귀 이요르, 친구들 사이를 부지런히 오가는 수다쟁이 토끼 래빗 등이 올망졸망 모여 사는 마을에 초대받았던 때가 말이다. 이 평화로우면서도 즐거운 소동이 끊이지 않는 세상에 이끌렸던 나는 집에 있던 번역본 《곰돌이 푸우》 동화책뿐 아니라 영어로 된 그림책도 외우다시피 읽고 또 읽었다. 10대가 되고서 일요일 아침 KBS 2TV 〈만화동산〉에서 푸우와 그 친구들을 재회했을 때, 그리고 10년 가까운 세월이 흐른 뒤 교보문고에서 영어판 푸우 포켓북을 발견했을 때 얼마나 반가웠던지(나는 이 포켓북 시리즈를 거의 모두 갖고 있다). 어린 날, 그리고 한참 뒤에도 왜 푸우에 마음이 끌렸는지 나는 잘 기억하지 못한다. 주위 사람들은 단것을 좋아하는 날 보고 푸우와 닮았다고도 하지만, 뭐 그런 것보다는 어린 날 내가 동화되었던 캐릭터에 대한 애정과 그 시절 가슴을 가만히 두드렸던 아스라한 감성 탓이 아닌가, 라는 생각을 해본다.

그러던 나에게 장편 애니메이션 〈아치와 씨팍〉의 음악 선곡을 할 기회가 생겼다. 디즈니 애니메이션, 그중에도 〈곰돌이 푸우〉와는 극에 놓인 애니메이션이지만 흥미로울 듯해 참여하기로 결정을 내린 것이었다. 이 영화의 사운드 슈퍼바이저인 이성진 씨는 〈몬스터 주식회사〉의 사운드가 무아지경의 세계라며 칭송을 했다. 그의 말을 들은 뒤, 그저 참고나 하자는 셈 치고 한 극장을 찾았던 나는 경악하고 말았다. "과연 픽사야!"라며 외친 오프닝부터 "역시 픽사구나!"라며 외친 마지막까지, 한 회사의 CF 카피에서처럼 '디지털이 주는 감동'을 받을 줄이야! 내 머릿속은 그 덩치 큰 털북숭이 괴물 설리의 털을 한 번만 직접 만져 봤으면 하는 생각으로 차올랐다. 온몸에 나쁜 푸른색 식용 색소가 가득 섞인 것 같은 설리의 푸르고 하늘거리는 털이 이 영화 속으로 날 파고들게 만들었다.

그리고 그때는 비밀이었지만 설리에게서 떨어지기 싫어하는 부의 모습, 부를 보내고 부서진 부의 방문 조각을 들고 있는 두툼한 털북숭이 설리의 그 손을 보고는, 앗! 잘못해서 눈꺼풀을 한 번만 더 깜빡였다가는 눈물이 나의 볼 위로 떨어질 것 같았다. 고인 눈물이 마를 때까지 눈을 크게 뜨고 있는 어설픈 수법으로 위기를 넘길 수밖에 없었다. 그러고는 극장을 나올 때 속으론 갖은 찬사를 보내면서도 가식적인 점잖음을 떤 기억이 난다.

나는 이런저런 내용보다도 단 한 컷의 이미지에 매료되었고, 그 한 장면에 오랜 시간 그들이 그려낸 흔적들 모두가 있었다. 그러니까 그 장면은 어린 날 《곰돌이 푸우》 동화책에서 본 뒤 내게 슬픔을 안겨줬던 한 에피소드를 떠올리게 했다. 꿀을 먹으며 풍선을 타고 날아가던 푸우가 벌들의 습격을 받아 땅바닥에 떨어진다는. 그게 왜 그리 서글펐는지 이제 와선 나 스스로도 이해할 수 없지만, 하여간 어린 마음은 따끔한 뭔가에 찔려 이상한 감정에 휩싸였던 모양이다. 그런데 그로부터 십수 년이 지난 지금, 디지털로 만든 털북숭이가 유년의 기억과 감정을 고스란히 끌어올리다니.

얼마 전 어린이대공원을 지나가다가 부 같이 머리를 예쁘게 땋은 꼬마가 푸른색 솜사탕을 들고 인도를 지나는 모습을 본 나는 저 솜사탕이 혹시 설리의 털이 아닐까 하는 말도 안 되는 상상을 해보기도 했다. 설리의 털은 내가 세상에 태어나서 보았던 털 중 가장 부드럽고 아름다운 털이었다. 그 털은 '디지털'이었는데 말이다.

감독 피트 닥터 ┃ 애니메이션

글쎄, 사랑도 변하더라니까

봄날은 간다 | One Fine Spring Day | 2001

최영아 | SBS 아나운서, 〈잘 먹고 잘 사는 법〉〈금요컬처클럽〉

사실 그날 밤 우리가 왜 다퉜는지 생각이 나질 않는다. 대개의 부부싸움이 그렇듯이 싸우다 보면 우리가 무엇 때문에 말다툼을 시작했는지 알 수 없는 경우가 많다. 각자의 공간에서 마음속에 높은 담을 쌓은 채 누군가가 먼저 말 걸어 주기를 애타게 바라고 있다. 화풀이 상대로 고른 텔레비전만 뚫어지게 보다가 혹시 그의 발소리가 들리지 않는지 촉각을 곤두세워 봐도 아무런 기척이 없다. 말 한마디만 하면 나도 모른 척 넘어갈 텐데, 미안하다고 말할 텐데……. 1분 1초가 흐르는 것조차 셀 수 있을 정도로 천천히 가는 시간 앞에 헛기침 한 번 하지 못하고 있는데, 그가 잠들었다는 사실이 확인되면서

갑자기 밀려오는 무력감과 허탈감. 나는 속상해서 죽을 지경인데 잠이 오나? 정말 야속하다.

〈봄날은 간다〉를 토요일 밤, 하필이면 남편과 싸운 그날 밤 보게 되었다. 영화를 보는 내내 가슴이 쌩하니 아렸다. 특히 상우가 은수에게 했던, 혼잣말 같은 말은 큰소리가 되어 한참을 머릿속에 뱅뱅 돌았다. "어떻게 사랑이 변하니?"

결혼하기 전 어느 해인가 많은 눈이 내렸던 12월 31일. 그는 한 해의 마지막 날에 내 얼굴 한번 보겠다며 연휴 근무를 선배와 바꾸고 목포에서 서울까지 길이 얼어 차가 빙빙 돌고 갓길로 처박히는 무시무시한 고속도로로 차를 끌고 온 적이 있다. 서울에 도착해 그가 내게 열심히 삐삐를 쳤던 그 시간에 나는 입사 동기들과 종로 거리를 헤메느라 그가 온 사실을 까마득하게 잊고 있었다. 그가 다시는 나를 만나지 않겠다며 그날 밤 목포로 돌아가 버린 사실을 이튿날 알았고, 일주일이 지나도록 그는 연락 한번 없었다. 그랬던 그가 이제 다 잡은 물고기(?)라고 이럴 수가 있나?

누구든 그랬겠지만 적어도 내 사랑은 남들과 다르다고 믿었다. 10년, 20년이 지나도 우리의 사랑은 처음 그대로 변하지 않을 거라고 검은 머리가 파뿌리 되도록 백년해로하자고 마음먹었는데, 아니 그것도 모자라 죽어서 다시 태어나도 우리 또 결혼하자고 했었는데, 다 철없을 때의 이야기인가? 그날 밤 내린 결론. 그래, 우리의 사랑도 변했다! 그렇게 영화는 완전한 나의 이야기가 되었다. 그래, 사랑이 변하면 끝장나는 거야.

난 〈봄날은 간다〉가 상우의 열병 같은 첫사랑을 담담하게 군더더기 없이 그린 것이 마음에 들었다. 무엇보다도 대나무숲에서 들리는 소소하지만 부드러운 바람 소리가 좋았다. 초등학교 다닐 적 하늘처럼 높은 대나무들이 해남 외갓집 담을 둘러싸고 있었는데, 댓잎을 꺾어 조리를 만들고 입으로 피리를 불어 봤지만 풀풀거리는 소리만 날 뿐이었다. 또 외할아버지 제사 때마다 일가친척이 다 모여 하얀 쌀떡을 조청에 찍어 먹던 기억과 깨끗한 적삼 저고리를 입고 은비녀를 꽂은 외할머니의 단아한 모습이 생각난다. 지금은 여든을 훌쩍 넘기신 외할머니가 세월의 힘을 견디지 못하고 간혹 정신을 놓으신다는 엄마의 말을 건성으로 흘려들었었지.

내 봄날은 영화와는 조금 다를지 모른다. 영화에서의 봄날은 사랑이 지나가 버린 기억 속의 그것이지만, 내 봄날은 끝나지 않았다. 그냥 시간이 흐르는 대로 흘러 내 감정도 내 일상도 봄을 지나 소나기가 내리는 여름날 어느 하루쯤에 와 있는 것 같다. 그러고 보니 누가 먼저 변했는지 알 수 없지만 가랑비에 옷 젖듯이 조금씩 변한 것 같다.

다음날 회사에서 방송을 준비하는데 휴대폰 벨이 울렸다. 어젯밤 무슨 일이 있었냐는 듯이 아무렇지도 않은 그의 목소리. "영아야. 지금 나 출근하는데 비가 내리네. 우산 안 가지고 왔지? 나 회사 앞에 와 있어. 지금 바로 내려와." 퉁명스럽던 내 목소리가 자꾸만 작아지고 나도 모르게 피식 웃음이 나온다. 하룻밤 뒤척이면서 생각했던 많은 것들이 연분홍 치마처럼 휙 하니 날아가 버린다.

감독 허진호 | **출연** 이영애, 유지태

낯선 감각 즐기기

집시의 시간 | Time of the Gypsies | 1989

추상미 | 영화배우, 〈접속〉 〈생활의 발견〉 〈누구나 비밀은 있다〉

무언가 낯선 것이라면 모두 다 눈에 잡히던 시절이 있었다. 고교 시절 내 오른쪽 어깨를 3cm쯤 처지게 만들던 책가방을 대학 합격자 명단에서 이름을 확인하던 날 바로 쓰레기통에 처박아 버렸다. 불문과 새내기 시절, 세상은 참 새로웠다. 남들은 별반 다를 것도 없다고 했지만, 유독 꽉 막힌 고교 시절을 보낸 나는 풀어내기 한판 마냥 마음껏 시간의 자유에 취했다. 문화라는 것을 통해 난 세상으로 나아갔다. 음악, 영화, 연극, 미술, 문학…… 이중에서도 유독 낯선 것들과 사랑에 빠지곤 했다. 불문학을 배우면서 보들레르, 랭보, 말라르메, 이들의 '낯설게 세상 보기'에 흠뻑 매료됐다. 그들의 감성을

234

마치 내 것처럼 갖고 싶어했는지도 모르겠다. 특히 영화, 영화는 그런 나에겐 가까운 해답이었다. 낯선 영화를 본 뒤 전해지는 야릇하고도 오묘한 느낌이 너무 좋아 일부러 복잡 미묘한 유럽 영화들을 찾아다녔다. 성조기판 영화들은 그 당시 내게 아무런 감흥도 주지 못했다. 단지 무언가를 새롭게 느끼게 해주는 영화가 있다면, 그 내용의 모호함과 지루함을 견뎌내며 밤새워 보곤 했다.

그때 만났던 영화가 하나 있다. 즐거운 발견이었다. 이름만큼 먼 나라 유고슬라비아를 배경으로 한 〈집시의 시간〉. 그런데 이 영화는 이상했다. 뭔가 낯설기는 한데, 거리를 두고 보았던 다른 유럽 영화들과는 달리 주인공 페란과 함께 울고 웃으며 보게 되는 것이었다. 영화의 처음, "넌 내 결혼식을 망쳤어" 하고 울부짖는 뚱뚱하고 못생긴 신부처럼, 이 영화는 처음부터 끝까지 우습고도 슬픈 이미지의 짬뽕스런 결합이었다. 인간은 누구나 불안정하고 그 존재의 참을 수 없는 가벼움으로 인해 고통받더라도, 뭔가 그들을 소속시켜주는 끈 같은 것들에 기대어 살아가게 마련이다. 그런 의미로 본다면 집시들은 선택받은 용감한 사람들이다. 평생 가난과 비천함 속에 살더라도 어딘가를 향해 또 다른 시선을 돌리며 그들은 새로운 꿈을 꾸는 것이다. 영화 속 대사처럼, 집시는 꿈을 잃으면 죽는다. 하지만 현대 사회는 집시들이 몇 천 년 동안 지켜오던 그들의 습관을 빼앗았다. 더 이상 집시들은 떠돌지 않는다.

페란의 가족들도 유고의 어느 마을에 정착한 집시들이다. 정착한다고 해서 그들의 몸속에 돌고 있는 피가 바뀌는 것은 아니다. 페란 할머니의 말처럼, 피는 중요하다. 그것은 힘의 근원이며 삶을 지탱시켜 준다. 집시의 피는 페란 삼촌 같은 난봉꾼 백수를 키우기도 하고 페란에게 주술적 능력을 대물림해 주기도 한다. 영화 속에는 칠면조나 오리처럼 날지 못하는 새가 나온다. 페란을 비롯해서 사생아 집시 아이들은 영화 속 칠면조와 닮아 있다. 마치 페란의 운명을 엿보게 하듯, 그가 사랑과 정성을 쏟아 부어 키우던 칠면조는 어느 날 삼촌에 의해 큰 솥 한가득 끓여진다. 페란이 칠면조와 눈을 맞추며 "날개를 펴. 날개를 펴"라고 주문을 거니, 실제로 칠면조 날개가 펴지는 장면도 기억에서 지워지지 않는다. 어느 성자의 날, 마치 세례를 받듯 수많은 젊은이들이 강물 속에 들어가 행복한 표정으로 촛불을 띄운다. 강물은 온통 촛불과 꽃잎, 피를 상징하는 붉은 깃발들로 물든다. 이른 새벽인 듯 어슴푸레한 하늘빛과 어우러져 아름다운 꿈을 꾸는 듯한 영상 위에, 한쪽에선 페란과 아즈라가 사랑을 나눈다. 난봉꾼 삼촌은 결국 그들 가족에겐 껍데기일 수밖에 없는 집채를 날려 버리고, 페란은 사랑하는 가족 곁을 떠나게 된다. 이제부터는 진정한 집시로 살아가게 되는 것이다. 또 그는 진정한 인간으로 거듭나기 위한 여러 아픔을 겪게 된다. 동생의 병을 고치기 위해 수모를 참아가며 개처럼 돈을 벌고, 자신의 말대로 스스로 거짓말을 하게 되면서부터 아무도 믿지 못하게 된다. 결국 아즈라가 임신한 자신의 아이까지 의심하게 되는 페란. 페란의 변질은 결국 아즈라를 죽음으로 내몰고, 그녀는 웨딩드레스를 입은 채 아이를 낳다 죽어간다. 그녀의 하얀 화관이 바람에 실려 흐트러지지 않고 꼿꼿하게 날아가는 모습도 명장면이다.

잡힐 듯 잡히지 않는 인생, 혼란스러운 가운데서도 항상 신에게 구원을 바라지만 신은 마치 주사위 놀음을 하듯 경우의 수만을 계속해서 던져준다. 눈앞에 있어 금방이라도 닿을 듯하지만, 신은 바로 페란의 면전에서 그가 던져준 것들을 다시 끌어당기는 것이다. 페란은 꿈속에서 가족들의 행복한 모습을 본다. 집이 불타고 있는데도 할머니는 즐거운 얼굴로 소화기를 내다 버리고, 동생은 빨간 실을 감으며 즐겁게 웃고 노래한다. 집시 가족의 욕망과 꿈, 피의 이미지가 함께 엉켜 있는 장면이다. 이어 페란의 죽음. 영화의 시작처럼 새하얀 웨딩드레스를 입은 신부가 "넌 내 결혼식을 망쳤어"라며 총을 쏜다. 그는 죽어 가면서 파란 하늘을 본다. 하늘에는 사랑하는 칠면조가 마치 웨딩드레스를 입은 듯 하얗게 변해 있다. 하얀 날개를 세차게 퍼덕이며, 뭐라 속삭이듯 그를 맞이한다. 그렇게 페란은 또 한 명의 사생아 페란을 남겨 두고 떠난다. 집시 페란의 인생유전. 가족들은 그다지 격하지 않은 슬픔으로 담담히 술잔을 든다. 페란 2세는 죽은 아버지의 눈을 덮고 있던 금화를 몰래 훔친다. 그리곤 눈구멍만 겨우 뚫어 놓은 작은 상자를 뒤집어쓴 채 뒤뚱거리며 도망친다. 마치 우리 삶이 그러하듯이. 난봉꾼 삼촌은 이 녀석을 잡으러 쫓아가다가 왠지 알 수 없는 사막 같은 땅으로 무심코 내달린다. 무척이나 불안해 보이는 이 집시의 뛰어가는 뒷모습이 이 영화의 라스트였다.

영화 자막이 올라가고도 한참 동안 난 멍하니 앉아 있었다. 글쎄, 잘 정리되진 않지만 그냥 좋다고 말하기엔 뭔가 안 어울리는 감동이었다. 영상 이미지란 얼마나 위대한 것인가. 영화 속에서 맑고 예쁜 눈을 반짝이며 벗은 몸에 털 코트만 걸치고 토끼 인형을 갖고 놀던 한 아기의 알 수 없는 웅얼거림. 그래, 그런 것이었다. 뭐라 형용할 수는 없지만, 한순간을 지나가는 영상들이 내게 던진 감동은 문학의 그것을 뛰어넘는 수수께끼 같은 것이었다. 마치 따로 놀던 오감이 한꺼번에 작용해 이상한 화학반응을 일으키듯이, 이 영화는 내게 묘한 감동을 주었다. 그 이후로 영화 속 이미지들과 적극적으로 사랑에 빠지게 됐고 그 사랑은 지금껏 이어지고 있다. 물론 지금은 낯선 것만을 찾아다니지도 않고, 지루함을 두 시간 동안 감내할 참을성도 많이 없어졌고, 성조기 영화도 잘 보고 있다. 하지만 그때 그 당시에는 내 스물한 살의 피가 집시의 피만큼이나 열정적이고도 혼란스러웠나 보다.

감독 에밀 쿠스투리차 | **출연** 다보르 듀모빅, 보라 토도로빅, 리주비카 아드조빅

한 줄의 현 위에서, 홀로

현 위의 인생 | Life on a String | 1991

한강 | 소설가, 《여수의 사랑》《내 여자의 열매》《그대의 차가운 손》

푸른 휘장이 새벽빛처럼 드리워진 어두운 방에서 눈먼 노인이 막 숨을 거두려 한다. 머리맡을 지키던 어린 눈먼 제자에게 그는 말한다. "천 줄의 현을 끊으면 현 상자가 열리고, 현 상자가 열리면 처방전이 있다. 그 처방으로 너는 눈을 뜰 것이다. 세상을 볼 것이다."

60년이 흐른다. 997줄의 현을 끊고 마지막 석 줄의 현을 남겨 놓은 흰머리의 눈먼 노인이, 역시 눈먼 젊은 제자 시두와 함께 떠돈다. 지팡이를 짚고 노래를 부르며 강과 폭포를 건너간다. 그의 연주와 노래만으로 사람들의 싸움이 그치기 때문에 그는 '성자'라 불린다.

이 영화를 처음 본 것은 스물세 살의 9월, 대학 졸업을 앞두고 있을 즈음이었다. 그때 나는 앞날에 대한 확실한 계획을 가지고 있지 못했다. 마침 포항에서 교사로 근무할 수 있는 기회가 있어 나는 갈등했다. 쓰는 것이 과연 내 길일까를 의심하던 때였다. 모든 것에 흔들리고 모든 것에 입술을 악물던 때였다. 포항으로 가 버릴까. 나는 자신에게 물었다. 연고 없는 그곳으로 떠나 버릴까.

그러던 차에 이 영화를 보았고, 꼭 그 때문은 아니었겠지만 나는 서울을 떠나지 않았다. 장소나 여건에 구애받고 싶지 않다는, 아니 구애받을 필요가 없다는 생각이 들었다. 그저 절실한 어떤 것을 빚어내는 행위에 몰입하고 싶다는 마음이 단단한 형체로 만져졌다.

그 뒤로 나는 이 영화를 세 번 더 보았다. 지루함을 느낀 적은 없었다. 오히려 그때마다 처음인 듯 매혹되곤 했을 뿐이다. 그것은 아마도 이 영화의 머리부터 꼬리까지, 비늘 하나하나와 지느러미까지 살아 있는 상징으로 꿰어져 있기 때문일 것이다. 상징은 싫증나게 하지 않으니까. 오히려 세월과 체험에 따라 그때마다 다른 색깔과 의미로 다가오는 법이니까. 그래서일까, 이 영화를 생각할 때면 어쩐지 가만히 보기만 한 것이 아니라 직접 만져 보았던 것 같은 생각이 든다. 눈먼 젊은이 시두가 커다란 볏짚단을 끌어안고 몸을 부비던, 처녀 란수를 사랑하던 숨 가쁜 촉각의 환희 때문일까. 사랑이란 다름 아니라 쓰다듬는 것, 만지고 싶은 것, 체온과 피부와 손으로 이루어진 것임을 긴장 어린 침묵 속에서 보여주었기 때문일까.

그러나 이 영화에서 무엇보다 내 마음을 끈 것은 눈먼 노인의 모습이었다. 눈을 뜨고자 하는 갈망으로 일생을 버텨 갔으며, 온몸을 촉수삼아 시간을 더듬어 나아간 그의 모습은 본질을 향한 인간의 몸부림을 압축해 보여주는 것이었다.

'세상을 보고 싶다' 는 갈망과 '내가 정말 천 번째 현을 끊을 수 있을까' 하는 회의 사이에서 동요하던 그는 오랜 지병으로 깡마른 몸을 엎드린 채 앓는다. 때마침 산 아래의 손씨 집안과 이씨 집안이 들판에서 피비린내 나는 거대한 싸움을 벌이고, 노래로 싸움을 진정시키기 위해 노인은 악기를 메고 집을 나선다. 성난 군중이 노인의 노래에 일제히 각목을 버리고 어울려 들을 떠나는 장면도 장관이지만, 정작 내가 잊지 못하는 장면은 따로 있다. 산을 내려가려는 노인의 허리를 뒤에서 끌어안고 만류하려다 실패한 시두가 울부짖는 대목이다.

"사부! 지금 가면 병이 악화돼서 천 번째 현을 못 끊어요!"

242

왜소한 등을 보인 채 얼어붙은 듯 서 있다가, 노인은 침묵 끝에 말한다.

"못 끊으면 못 끊는 거지."

마침내 천 번째 현이 햇빛의 열기에 끊어진 뒤 그는 산을 떠나 약국을 찾지만, 60년 만에 열린 현 상자에서 나온 처방전은 백지였다. 저잣거리의 슬퍼하는 울음과 비웃음 속에서, 여전히 눈먼 채로 그는 시두에게 돌아간다. 바로 그 밤, 젊은 시두는 홀로 절규한다. "나는 볼 수 없어! 나는 못 본다!" 그의 초점 없는 눈이 활활 타오른다. 촛불에 비친 얼굴이 일렁인다. 그의 애인 란수가, 그가 두 팔을 벌리고 서 있는 앞에서 스스로 벼랑에서 떨어져 죽은 날 밤이다.

그로부터 얼마 뒤 노인은 죽음을 앞두고 마지막 노래를 부른다. 네 번 이 영화를 보았지만, 이 노래를 들으면서 눈물을 흘리지 않은 적은 없었다. 이 노래 속에 인간의 좌절과 고통, 그것들을 '몸으로 넘어섬'이 모두 들어 있다. 천 줄의 현을 끊겠다는 굳은 약속과 '못 끊으면 못 끊는 거'라는 순간의 각성 끝에, 내 안에 숨어 있던 혈관들은 고요히 떨려오곤 했다. 누구나 그렇듯이, 나는 바로 그였으므로. 그의 몸으로 한 줄의 현 위에서 나아가고 있었으므로.

여자들이 나에게 와서 물었네, 당신이 본 것이 무엇이냐고.
나는 대답했네. 나는 소경이니 무엇을 보았겠느냐고.

남자들이 나에게 와서 물었네, 당신이 들은 것이 무엇이냐고.
나는 대답했네. 나는 귀머거리이니 무엇을 들었겠느냐고.

아이들이 나에게 와서 물었네, 그럼 당신이 느낀 것은 무엇이
냐고.
나는 말했네. 내 속에 들어와 보라고.

어느 날 하늘엔 벼락이 치고 땅에는 불이 솟았네.
여자들과 남자들과 아이들이 모두 와서 나에게 말했네.

너는 소경도 귀머거리도 아니니
볼 수 있고, 들을 수 있고,
말할 수도, 목청껏 노래할 수도 있다고.

감독 첸카이거 | **출연** 류종유안, 황레이

꿈이여, 다시 한번

사랑의 행로 | The Fabulous Baker Boys | 1989

한재권 | 영화 음악감독. 〈실미도〉 〈범죄의 재구성〉 〈공공의 적2〉

1990년, 유학간 지 2년이 되던 해 베를린의 겨울은 혹독하게
추웠고 나는 경제적으로나 정신적으로나 참담하게 매달려 있
었다. 집안의 반대나 나 스스로의 망설임은 차치하고서라도
어렵게 도달한 그때까지의 시간들이 조금씩 조금씩 마치 욕
실 벽면의 타일 조각이 떨어져 나가듯 무너져 내리고 있던 때
였다. 음악을 한다는 일이 너무도 힘겹게 느껴졌고 더불어 공
부마저 유급 위기를 가까스로 넘기며 절망적으로 진행 중이
다 보니 장래는커녕 '중도 포기'라는 절체절명의 위기를 맞
고 있는 시기였던 게다.

베를린의 중심가에는 베를린영화제로도 유명한 조 팔라

스트 극장이 웅장한 위용을 자랑하며 서 있고, 그 외에도 국내의 멀티플렉스 영화관 못지않은 시설을 자랑하는 호화 영화관들이 즐비했다. 우스운 사실은 그곳의 입장료가 다른 곳에 위치한 극장들에 비해 비싸다는 점이었다. 그러다 보니 가난하기로 유명한 독일의 대학생들은 중심가가 아닌 변두리 영화관을 이용하기 마련인데, 밥은 굶어도 책은 못 사도 보고 싶은 영화만은 기어코 보고야 마는 나 역시도 변두리 극장의 애용자였던 것은 당연지사.

우울했던 시절, 음악에 대한 꿈도 희망도 모조리 접자고 결심했던 그 시절, 그래도 가끔씩이나마 위안이 되었던 것은 영화였고 또한 죽고 못 살게 좋아하던 배우들이었다. 90년 겨울 어느 날, 학교에서 그리 멀지 않은 극장에 미셸 파이퍼의 얼굴이 담긴 포스터 한 장이 나붙었다. 아! 미셸 파이퍼가 누구던가! 고등학생 때 보았던 〈레이디호크〉의 여주인공이자, 소위 삐짜 비디오로 훔쳐보았던 〈그리스2〉의 가녀린 여인이 아니던가! 게다가 그녀는 〈스카페이스〉에서 알 파치노의 섬뜩한 마음을 설레게 했던 정부였고, 내게는 뒤늦게 찾아온 아이돌 스타였다.

원어 그대로 직역한다면 '전설적인 베이커 형제들'이라는 제목의 이 영화에 그녀가 웬일일까 하는 기분으로 내 세끼 식사분의 입장료를 지불하고(독일 학생식당은 저렴하기로 유명하다. 물론 그나마도 내게는 부담이었지만) 들어선 극장에서 황감하게도 그녀는 제 목소리로 노래를 불러주었고 눈부신 연기를 보여주었다. 그런데 예상치 못했던 일이 벌어지고 말았다. 전혀 사전 정보 없이 보았던 그 영화는 음악인을 소재로 하고 있었고, 게다가 영화 속 베이커 형제들은 보잘것없는 살롱 피아니스트들로서 하루하루 꿈도 희망도 없이 살아가는 몰락해가는 음악인의 삶을 대변하고 있었다. 실제 형제인 제프 브리지스와 보 브리지스가 연기한 형제 피아니스트는 각기 다른 이유에서 음악을 하지만 한 무대에서 십수 년을 함께 공연한 뮤지션이며, 몇 년째 마땅히 설자리가 없어 고심하던 끝에 여성 보길리스트 영입을 쇠하지만 그마저도 쉽지 않다. 그러다가 결코 절박하달 수 없는 여성 보컬리스트를 고르게 되고 그들은 제2의 전성기를 구가해 나가지만 결국 세 명으로 이루어진 팀은 역시 각기 다른 이유로 다시금 파경을 맞이한다는 굴곡 없는 내용의 영화.

하나도 슬프지 않은 영화를 보면서 하염없이 눈물을 흘리는 장면을 상상해 보았는가. 영화 중반을 넘기면서 미셸 파이퍼의 노래가 흐르던 때를 제외하고는 적어도 내게 있어 이 영화는 눈물 없이 볼 수 없는 〈미워도 다시 한번〉이요, 다시

금 꿈으로의 회귀를 부추기는 〈ET〉였다. 더 이상 잃을 것이 없는 입장에서의 음악, 들려줄 수 있다는 것만으로도 행복한 음악, 그러면서도 가슴속에 사무치는 것은 음악이 아닌 내가 한 사람의 가족 구성원이자 생명이라는 사실이었다. 영화를 보고 나오면서 음악을 접자던 내 결심은 다시 펼치자는 쪽으로 변해 있었고 영화적으로도, 음악적으로도 그다지 비범하달 수 없는 그 한 편의 영화는 이미 내 인생 한가운데 깊숙한 곳에 위치하며 10년 이상이 지난 지금까지도 내게 성경의 잠언으로서의 역할을 해내고 있다.

감독 스티븐 클로브스 | **출연** 제프 브리지스, 보 브리지스, 미셸 파이퍼

단절 이후 다가온 불온한 천국

불안은 영혼을 잠식한다 | Ali: Fear Eats the Soul | 1974

함정임 | 소설가, 《아주 사소한 중독》 《버스 지나가다》 《춘하추동》

검은, 그러나 속은 시뻘건 무거운 휘장, 퀴퀴한 냄새, 먹먹한 어둠, 뛰는 심장, 회오리치듯 어둠 서편을 향해 맹렬히 치닫는 한줄기 빛……. 영화는 시작되고, 나는 엄마의 치맛자락을 힘주어 꼬옥 잡는다. 엄마가 영화 구경 가는 날, 아주 어린 나이임에도 나는, 그 정보를 입수하는 순간부터 모든 소꿉놀이를 중단하고 한 가지 생각에만 골몰한다. 어떻게 하면 엄마를 따라갈 것인가. 그 사안에 너무 몰두한 나머지 작은 머리가 터질 지경이다. 엄마는 어떻게 하면 나를 떼어 놓고 '우아하게' 또 미성년자 관람불가 영화를 구경갈 것인가 궁구하셨으리라. 그러나 엄마 따라붙기에는 형제들이 두 손발 들 정도로 영악했던 나는 번번이 엄마의 꼬임을 통쾌하게 물리치고 영화 상영 직전에 엄마와 함께 영화관으로 뛰어 들어간다. 내 손을 붙잡은 엄마 손은 그 어느 때보다 느슨하고, 나는 엄마 손을 부여잡다 못해 치맛자락까지 끌어다 손아귀에 움켜쥔다. 절대로 치맛자락을 놓치면 안 된다는 본능적인 집착과 불안증은 영화가 끝날 때까지 계속된다. 이것은 내가 일곱 살 무렵 벌어지던 어느 밤 풍경이다.

생래적으로 낭만과 허영을 멋처럼 거느렸던 엄마의 딸이었던 탓에 비교적 일찍부터 영화관을 드나들었지만, 정작 그때 나는 무엇을 보았던가? 지금 돌이켜 기억할 수 있는 것들이란, 퀴퀴한 냄새와 어둠 속에서 영화 속 주인공처럼 흘리던 엄마 눈물의 따스한 감촉, 귓전을 울리던 한결같이 곱고 똑같던 여배우들의 신파조 음성, 그런 조각들뿐이다. 그 기억 조각들이 자기들끼리 퍼즐처럼 엮여서 '영화'라는 영화를 내게 만들어 줄 뿐이다. 그때 내가 본 것은 그러니까 영화가 가르쳐 준 인생, 영화라는 '다른 세상'이었다.

그렇게 시작된 세상 구경은 엄마 치맛자락을 더 이상 붙잡지 않게 되어서도 영화관에서 보아야 하는 것이 되었다. 대학에서 프랑스 문학을 전공한 관계로 일찍부터 프랑스문화원의 시네클럽을 전전하며 시대적으로 관람불가된 '다른 세상'

에 대한 편력은 계속되었다. 졸업 뒤 광화문에 있는 문예지의 기자가 되면서 퇴근과 동시에 근처 프랑스문화원 영상실로 직행하거나 영화제 기간엔 아예 그곳 어둠 속에 틀어박혔다. 안드레이 타르코프스키, 구로사와 아키라, 오시마 나기사라는 이름들이 장 뤽 고다르나 프랑수와 트뤼포, 에릭 로메르들의 그것들에 희귀하게 끼어들었다. 청춘의 황금기를 나 역시 여느 젊음들과 마찬가지로 어두컴컴한 영화관에서 보냈고, 신춘문예에 소설이 당선되는 순간까지도 나는 영화제에서 무제한으로 영화를 보고 있었다.

그런 나의 영화 구경에 뜻하지 않은 단절기가 생겼다. 2년 동안 단 한 편의 영화도 보지 않았던 것이다. 영화에 버금갈 정도로 귀에 끼고 살던 음악도 듣지 않았다. 아니, 보이지 않았고 들리지 않았다고 해야 맞았다. 창졸지간에 사랑하는 사람을 손끝에서 죽음으로 떠나보내면서 그때까지 내 인생을 풍요롭게 해주었던 것들까지 송두리째 잃어버렸다. 보되 눈에 (상像이) 맺히지 않고, 듣되 귀에 (음音이) 걸리지 않고, 먹되 혀에 (맛이) 감지되지 않는 생활이 2년 3년 계속되었다. 그때부터 일정 기간이 지나면 철새처럼 어딘가로 떠났다가 다시 돌아오는 생활이 되풀이되었고, 이젠 그것이 생활이 되었다. 그러면서 나는 어쩌면 천국의 한 조각, 그러니까 내 감각을 자극해서 이전의 나로, 영화를 볼 수 있던, 음악을 들을 수 있던, 무엇보다 맛을 느낄 수 있던 본래의 '사람'으로 돌이켜 줄 무엇을 찾아 끊임없이 떠돌았는지도 모른다.

파스빈더 감독의 영화 〈불안은 영혼을 잠식한다〉는 그러한 나의 욕망의 단절기에 처음으로 눈에 들어온 영화다. 영화를 제대로 볼 수는 없었지만, 그동안 흘려보낸 비디오들을 하나둘 집어든 것 중에 이 영화가 있었다. 그러나 엄마의 치맛자락을 부여잡고 무작정 떼를 써서 따라갔던 내 유년의 영화 구경은, 그때의 흥분과 희열은 이제는 더 이상 없었다. 영화관이 아닌 비디오로 만났기 때문이었을까. 예전 같으면 흥미로웠을 뉴 저먼 시네마의 기수 파스빈더의 이력도, 그의 침묵에 가까운, 그래서 고문을 가하는 듯한 표현주의적인 무뚝뚝한 화면들도 신경에 거슬릴 뿐 온전히 영화에 집중할 수가 없었다. 그래도 아직 영화를 볼 때가 아니라고 스스로를 타이르며 꾸역꾸역 영화를 보아 나갔다. 그런데 독일에서 개만도 못한 대접을 받는 아랍인 알리가 외로움에 찌든 스무 살 연상의 독일 노파 에미미와 결합해 살다가 결국 아랍인으로 길들여진 입맛을 버리지 못해 원점으로 돌아가는 장면에 이르러서는 나도 모르게 영화 속으로 빠져들고 말았다. 이방의 하늘 아래서 나 역시 얼마나 자주 나의 입맛을 시험했던가. 이 지점에 이르자 이 영화에 붙일 법한 자본주의의 허위의식이니 인종적 파시즘 비판이니 따위의 수사들은 나에겐 한갓 공허한 메아리로 맴돌 뿐이었다.

그 어떤 것으로도 태생을 대체할 수는 없다. 사랑조차도. 하물며 그 사랑이란 것이 서로의 실리를 위한, 자신들조차 외면하고 싶은 위선적인 타협이었음에랴. 거기에 민족주의란 용어를 굳이 외투처럼 무겁게 떠 안길 필요는 없다. 알리가 먹고 싶어했던 그들의 음식 쿠스쿠스면 되는 것이다. 우리에게 김치나 라면이 그러하듯이.

감독 라이너 베르너 파스빈더 | **출연** 브리지테 미라, 엘 헤디 벤 살렘

내 인생의 영화 리스트 ○○○

내 인생의 영화

© 강헌 외

1판 1쇄 발행 2005년 7월 28일
1판 11쇄 발행 2019년 1월 11일

지은이 | 강헌 외
펴낸이 | 이상훈
편집인 | 김수영
본부장 | 정진항
기획편집 | 오혜영 김단희 허유진
마케팅 | 조재성 천용호 박신영 조은별 노유리
경영지원 | 이해돈 정혜진 이송이

펴낸 곳 | 한겨레출판(주) www.hanibook.co.kr
등록 | 2006년 1월 4일 제313-2006-00003호
주소 | 서울시 마포구 효창목길 6(공덕동) 한겨레신문사 4층
전화 | 02) 6383-1602~3 **팩스** | 02) 6383-1610
대표메일 | cine21@hanibook.co.kr

ISBN 978-89-8431-484-9 03810